Familienbande – Liebe, Lachen, Tränen

Episoden einer Familiengeschichte vom
Kaiserreich bis zur Bundesrepublik Deutschland

Ellen de Witte

Familienbande – Liebe, Lachen, Tränen

Episoden einer Familiengeschichte vom Kaiserreich bis zur Bundesrepublik Deutschland

anno verlag

Der Familie sei Dank!

Meiner Schwiegertochter Nicole Eyssen gelang es mit Hilfe meines Sohnes Frank, meine Handschrift in lesbare Maschinenschrift umzusetzen. Eine nicht leicht zu lösende Aufgabe. Danke Nicky, danke Frank!

Mein Mann John Dehar nahm die geistige Abwesenheit und gelegentliche Reizbarkeit während meines Schreibens mit britischer Gelassenheit hin. Danke John!

*

Herrn Dr. Ulrich Meder, dem leitenden Arzt für Innere Medizin des St.-Josef-Hospitals Xanten, möchte ich herzlich danken. Er bestätigte, dass die in den Überlieferungen beschriebenen medizinischen Aspekte realistisch sind.

Ellen de Witte
Familienbande – Liebe, Lachen, Tränen
Episoden einer Familiengeschichte vom
Kaiserreich bis zur Bundesrepublik Deutschland

Bibliografische Information der Deutschen Bibliothek.
Die Deutsche Bibliothek verzeichnet diese Publikation in der Deutschen Nationalbibliografie; detaillierte bibliografische Daten sind im Internet über http://dnb.ddb.de abrufbar.

Illustrationen: Friederike Hantel
Satz und Titelgestaltung: kasoan, Herzogenrath
ISBN: 978-3-939256-04-5
E-Mail: info@anno-verlag.de
Web: www.anno-verlag.de

Vorwort

Eine tiefe Verbeugung vor der Würde und dem Anstand einfacher Menschen

Das Manuskript – knapp 200 Seiten – schneite mir zu Weihnachten ins Haus. Im Begleitbrief wurde ich ebenso freundlich wie entschieden um ein Vorwort gebeten. „Frommer Wunsch“, dachte ich mir. Ich steckte gerade in mehreren größeren Arbeiten. An Extratouren war nicht zu denken.

Warum habe ich dann nicht das Manuskript gleich mit netten Worten des Bedauerns zurückgeschickt? Es war der Ort des Geschehens, der mich daran hinderte, meine Vater- und Mutterstadt. Es ging um eine Duisburger Story. Ich legte das Manuskript in Reichweite ab. Eines Abends, nachdem ich mich stundenlang am Computer gequält hatte, holte ich es hervor und las es in einem Zug von der ersten bis zur letzten Seite durch.

„Familienbande“ hat die Autorin Ellen de Witte ihre Geschichte über eine Duisburger Familie genannt. Sie handelt nicht von Großbürgern wie die „Buddenbrooks“, sondern von einfachen Menschen, was sogleich mein Interesse und meine Anteilnahme weckte. Vieles, was ich las, deckte sich mit dem Leben meiner Eltern.

Sie kamen ebenfalls aus einfachsten Verhältnissen, aus Duisburg-Meiderich. Wie bei der Heldin im Buch von Ellen de Witte, erstreckte sich auch ihr Leben von der Kaiserzeit bis zur Bundesrepublik Deutschland.

Was vor allem die Menschen, die nicht mit irdischen Gütern gesegnet waren, in diesen Jahrzehnten erdulden und durchleiden mussten, kam nicht selten einem nicht enden wollenden Opfergang gleich. Auf den Ersten Weltkrieg mit seinen Schrecken an der Front und den Entbehrungen zu Hause folgten die chaotischen Jahre der Weimarer Republik mit Massenarbeitslosigkeit und wirtschaftlichen Dauerkrisen.

Die darauf folgenden Jahre der Nazidiktatur mündeten in den schlimmsten aller Kriege mit Abermillionen Toten und Verwundeten, mit Vertreibung und Bombenterror, der insbesondere die Städte im Ruhrgebiet wie Duisburg jahrelang Tag und Nacht tyrannisierte. Diesem grauenvollsten Kapitel der Menschheitsgeschichte schlossen sich elende Hungerjahre, mühseliger Wiederaufbau und die oft bangen Jahre der Ost/West-Konfrontation mit der deutschen Teilung an.

Mit ihrem Buch löst Ellen de Witte das Versprechen gegenüber ihrer Mutter ein, die Geschichte der Familie aufzuschreiben. „Familienbande“ spiegelt in neunzehn Episoden das wechselvolle Zeitgeschehen während der ersten Hälfte des 20. Jahrhunderts wider.

Viel Personal lässt die Autorin aufmarschieren, mit Lisa König in der Hauptrolle. Wie eine Mutter Courage lässt sie sich weder von zermürbenden Alltagsproblemen noch von schweren Schicksalsschlägen unterkriegen. Elf Kindern hat sie das Leben geschenkt, drei verliert sie – im Säuglingsalter, durch Krankheit und Unfall.

Unerschütterlich zieht Lisa König mit ihrem Mann, ihren Kindern, Schwiegerkindern und Enkeln durch die schwierigen Zeiten, die ihr das Schicksal zugewiesen hat. Die Hommage auf diese Frau erscheint mir zugleich wie eine tiefe Verbeugung vor den Millionen einfacher Leute, die trotz aller Widrigkeiten ihr Leben meistern und mit Würde und Anstand das Fundament der Gesellschaft bilden.

Ihr

Fritz Pleitgen

Wichtigste Personen

Elise, genannt Lisa, König, geb. Stoffel

Karl König, ihr Ehemann

Die gemeinsamen Kinder:

Peter, der Älteste
Anna, früh verstorben
Katharina, genannt Käthe
Margarete, genannt Gretchen
Franz, früh verstorben
Karl
Maria Wilhelmine, genannt Mariechen
Kasper

Lisas Stiefvater, der Holländer van IJzendoorn

Ihre Mutter Anna

Anna, ihre Halbschwester

Jüpp, ihr Halbbruder

Lene, Jüpps Ehefrau

Schwiegerkinder:

Minchen, Peters Ehefrau
Peter van Meerten, Käthes Ehemann
Peter Kuhn, Gretchens Ehemann
Hugo, Mariechens Ehemann
Erich Haar, Jettchens Ehemann
Maria, Kaspers Ehefrau

Das Kuckuckskind

Thyphus

An einem kalten Novembertag des Jahres 1876 lief eine hochschwangere junge Frau schreiend die Straße entlang. Leute blickten ihr erstaunt nach. Zwei Frauen unterbrachen ihren nachbarlichen Tratsch.

„Ist das nicht die Anna Wolf?"

„Ja, ja, Stoffel heißt sie jetzt wohl."

„Ganz Beeck hat sich vor Monaten die Mäuler zerrissen, weil ihr Vater sie rausgeworfen hatte."

„Am Ende hat er der Hochzeit mit dem katholischen Schwiegersohn aber doch zugestimmt."

„Na sicher, was blieb ihm schon anderes übrig", die Nachbarin deutete einen gewölbten Bauch an.

„Der Schwiegersohn soll doch ganz ordentlich sein, ein Bahnarbeiter."

„Aber aus dem Hunsrück, streng katholisch.

Die Anna musste katholisch werden, sonst hätte er sie nicht geheiratet. Und sie durfte nie wieder nach Hause kommen."

„Außer, wenn der alte Wolf nicht da war", kicherte die Andere.

„Männer." „Männer."

Beeck war ein Dorf. Man wusste. Die Frauen machten sich wieder an ihre Arbeit. Unterdessen hatte Anna ihr Ziel erreicht. Sie krümmte sich unter einer Wehe und trommelte gegen die Haustür. Ihre Mutter öffnete, und sie fiel ihr laut jammernd in die Arme. Als der überzeugte Protestant von der Arbeit nach Hause kam, lag seine

abtrünnige Tochter Anna mit seiner katholischen Enkelin Elise, genannt Lisa, im evangelischen Ehebett. Er hat sie nicht davongejagt.

„Lisa war das schönste Mädchen von allen", schwärmte Karl auch noch nach vielen Ehejahren. Die schwarzen Haare, helle frische Haut und so flink."

Er war nach wie vor überzeugt, dass er die schönste Frau hatte und die besten Kinder. In siebzehn Ehejahren brachte Lisa elf Kinder zur Welt. „Frau König, wie machen Sie das?" Mit neidvollem Blick maß die Nachbarin Lisas Figur, „schlank wie ein junges Mädchen." „Bewegung, Bewegung und viel Arbeit."

Lisas Blick blieb an der ungebügelten Schürze der Fragerin haften, bemerkte den fehlenden Knopf und glitt an deren unförmiger Figur entlang. „Dä Wind blös' keen' dicke Fötter", setzte sie noch hinzu. Lisa machte sich nicht überall Freunde. Darauf legte sie auch keinen Wert. Aber man begegnete ihr mit Respekt. Darauf legte sie zeitlebens großen Wert.

„Karl, ich habe heute eine Nähmaschine gekauft. Die erste Nähmaschine auf der ganzen Straße."

„Was hast Du?" Eine Nähmaschine war in einem Haushalt 1912 keine Selbstverständlichkeit.

„Eine Nähmaschine von Singer. Ein Vertreter war da und hat das Nähen vorgeführt. Mein Gott", sie hatte rote Ohren vor Erregung, „stell Dir vor, ich muss nicht mehr mit der Hand jeden Tag bis Mitternacht Flickarbeiten machen, die Arbeitsanzüge, die Hosenböden der Jungen, die durchgescheuerten Ärmel an den Kleidern und Hemden."

Karl sah seine Frau verständnisvoll an. Ein Kind an der Brust, manchmal das nächste schon wieder unterwegs. Da waren Nächte, da hielt sie sich mit einem zahnenden Kind in der kaltgewordenen Küche auf, um seinen Schlaf nicht zu stören. Sie brauchten so dringend seinen Verdienst.

„Wenn wir das bezahlen können …?“

„Monatlich fünf Mark, das schaffen wir“, versicherte sie.

Er gab seiner Frau stets die ungeöffnete Lohntüte. Mal mit tiefem Bedauern: „Mehr habe ich nicht.“ Mal mit Stolz, wenn er mehrere Doppelschichten hatte machen können. Was Lisa tat, war immer richtig. Sie war die tüchtigste und schönste Frau, die es gab, und seine Kinder waren die besten. Er wäre nicht auf die Idee gekommen zu fragen, ob Lisa denn mit der neuen Maschine umgehen könne.

Typhus breitete sich 1912 aus. Der sechsjährige Karl war daran erkrankt.

„Uns ist ein Typhusfall gemeldet worden“, verkündete der Arzt, der mit zwei Sanitätern Einlass in die Wohnung verlangte.

„Wir wollen den Kranken abholen.“ „Hier wird niemand abgeholt“, Lisa wich keinen Zoll zur Seite. Dem Arzt war klar, dass es Schwierigkeiten geben würde.

„Hören Sie gut zu, liebe Frau. Ich bin hier als Vertreter der Gesundheitsbehörde und ich habe den Auftrag, den Kranken in die Quarantäne zu überstellen.“

„Ich bin nicht Ihre liebe Frau, und zum Sterben brauchen sie ihn nicht abzuholen.“

Der Arzt holte tief Atem. Er war erschöpft und seine Geduld schien am Ende. „Wer redet denn hier vom Sterben“, er merkte selbst, dass das nicht überzeugend klang: „Unsere Krankenhäuser sind …“

Sie fiel ihm ins Wort: „Ich weiß, was Ihre Krankenhäuser sind. Mein kleiner Karl, er war ein Jahr und acht Monate, hatte Lungenentzündung. Da war ein riesiger Krankensaal. Er lag unter einem

Fenster. Das stand immer offen. Er hatte hohes Fieber. Er röchelte. Immer wieder habe ich die Nonnen angefleht, das Fenster zu schließen. Er starb.

Von meinen Kindern geht keins mehr in ein Krankenhaus.“ Der müde Ausdruck im Gesicht des Arztes wich aufmerksamem Interesse. Prüfend betrachtete er die entschlossene kleine Frau. Er winkte die Sanitäter, die sich hinter ihm aufgebaut hatten und offensichtlich bereit waren, Gewalt anzuwenden, zurück.

„Ihre anderen Kinder könnten angesteckt werden.“

„Die sind schon seit Tagen gesund bei Verwandten.“

„Sie könnten auch krank werden. Was dann?“

„Das kann ich mir nicht erlauben. Ich werde noch gebraucht.“ Ein Lächeln stahl sich in sein erschöpftes Gesicht.

„Ich glaube, mit Ihnen kann ich es wagen. Wenn Sie mir versprechen …“

„Sie können sich auf mich verlassen, Herr Doktor.“ Und er glaubte ihr aufs Wort. Er ließ ihr einen weißen Kittel und ausreichend Desinfektionsmittel da und erklärte die Anwendung. „Und nur abgekochtes Reiswasser löffelweise geben und dann steigern.“

„Mütter“, murmelte er, „Mütter“, als er das Haus verließ. Die Sanitäter folgten ihm zutiefst verunsichert. Lisa befolgte seine Anweisungen auf das Genaueste. Karl überlebte.

„Meine Tochter, wenn Du sonntags bei Deiner vielen Arbeit ein Gebet sprichst, wird das dem lieben Herrgott genau so gefallen, als wenn Du in der Messe bist.“ Und mit diesem Ausspruch des gütigen alten Pastors fühlte Lisa sich bestätigt. Nein, sie war keine Kirchgängerin. Sie fühlte sich, wenn sie darüber nachdachte, keiner Konfession so richtig angehörig. Vielleicht lag es daran, dass sie als Kind ohne Wissen ihres katholischen Vaters oft mit ihrer evangelischen Großmutter die nachmittäglichen Bibelstunden besucht hatte. Sie wusste aber auch, dass die anderen Frauen in ihrem Umfeld eben soviel Arbeit hatten wie sie und trotzdem Gottesdienste besuchten. Entsprechend, fand sie, sähen deren Haushalte und Kinder aus. Sie konnte sich einfach nicht vorstellen, wie ein großer Haushalt einen solchen Zeitverlust verkraften sollte. Und große Haushalte hatten sie alle.

Wenn sie nur daran dachte, was Gretchen über die Familie ihres Verlobten zu erzählen hatte. Die zukünftige Schwiegermutter war fromm, sehr fromm. Jeden Morgen besuchte sie die Frühmesse. Die Kinder mussten zusehen, wie sie zur Schule kamen. Nachmittags traf sich die fromme Frau mit Gleichgesinnten unter christlichem Dach zu wohltätigem Tun. Sie strickten für arme Negerkinder. In welchem Zustand Haushalt und Kinder waren, konnte sich Lisa auch ohne den detaillierten Bericht ihrer Tochter vorstellen. Gretchens Peter war der Älteste der Geschwister Kuhn. Lisa sprach halblaut mit sich selbst: „Die Ältesten leiden immer am meisten." „Schon wieder", hatte ihr siebzehnjähriger Sohn Peter genervt reagiert, als die Hebamme ihn aufgefordert hatte, seine neue kleine Schwester anzuschauen. Er hatte einen angewiderten Blick auf das Neugeborene geworfen und dann wortlos das Zimmer verlassen.

Seine Reaktion hatte Lisa tief getroffen, trotzdem konnte sie ihn verstehen. „Nicht schon wieder", hatte sie selbst oft verzweifelt gedacht, wenn sie feststellte, dass sie wieder schwanger war. Die älteren Kinder litten. Da war kein Plätzchen, wo sich die Heranwachsenden zu Hause aufhalten konnten. Es gab nur Windelgeruch, Säuglingsgeschrei und Geschwistergezänk. Wenn dann einer Frau die Kirche wichtiger ist als ihre Kinder ...

„Aber“, pflegte sie zu sagen, „Beten ist eben bequemer als Arbeiten.“

„Frau König, ist Gretchen da?“ Ein Junge, einer von den Kuhn Kindern, fragte.

„Was willst Du denn von ihr?“

„Mama schickt mich. Gretchen soll zwei Knöpfe annähen.“

„Warum macht Deine Mutter das nicht selbst?“

„Sie kann doch so schlecht sehen.“

„Gib mir mal die Jacke.“

Und während Lisa die Knöpfe annähte, dachte sie erbost: „Aber stricken für arme Negerkinder, das kann sie.“

Lisa war es grundsätzlich egal, was Erwachsene taten oder nicht. Wenn es jedoch um Kinder ging, um Vernachlässigung oder Misshandlung, gab es für sie keine Entschuldigung.

„Jeder hat zwei Hände und einen Kopf auf den Schultern. Benutze beides“, war ihr Credo.

„Wenn ich Gretchen nicht hätte“, ein dankbarer Stoßseufzer galt der Tochter. Und wenn Gretchen nun auch noch in der Familie ihres Verlobten half – in Gottes Namen. Die Kinder konnten schließlich nichts für die Zustände dort.

„Peters Mutter ist schrecklich unbeholfen.“ So, so. Unbeholfen.

„Was sie mit den Händen tut, stößt sie mit dem Hintern um.“

Lisa kannte die Geschichte, die damals ganz Laar erschüttert hatte. Ein Säugling war Gretes Schwiegermutter in kochendes Wasser gefallen. Das Kind war gestorben. Bei der Gerichtsverhandlung hatte sich der Pastor für die Frau ins Zeug gelegt: christlicher Lebenswandel, gottesfürchtig, untadelige Mutter, usw. „Da haben sich die zwei Messen, die sie täglich besucht und ihre Wohltätigkeit für arme Neger wenigstens ausgezahlt“, war Lisas trockener Kommentar.

„Aber sie sieht wirklich sehr schlecht, und was sie strickt, ist völlig unbrauchbar, alles verfilzt, lauter gefallene Maschen.“

Lisa war unbeeindruckt. „Desto schlimmer, dass sie dafür ihre Zeit verschwendet, statt …“

„Mama, Du hast ja recht, und Peter denkt genauso. Was denkst Du, wie er unter den Zuständen leidet und gelitten hat. Die Jüngeren durchschauen das nicht so, seit Peter …“, und hier stockte die zungenfertige Tochter und wurde rot.

Sie setzte von Neuem an: „Du weißt, er war immer der Beste in der Klasse. Eines Morgens, er war dreizehn, sagte der Lehrer vor der ganzen Klasse: ‚Peter Kuhn, geh nach Hause und sage Deiner Mutter, sie soll endlich mal Deine Hose waschen und Knöpfe annähen.‘ Die Klasse johlte. Peter hatte an sich hinuntergeschaut und obwohl er kurzsichtig ist, sah er jetzt, was alle sehen konnten. Die Hose glänzte speckig, war voller Flecken und konnte vor Dreck allein stehen. Knöpfe fehlten. Das hat er seiner Mutter nie verziehen.“

Und er verzieh es auch der Kirche nicht und nicht der Religion. Von dem Tag an weigerte er sich zum großen Kummer seiner Eltern, zur Messe zu gehen. Er beobachtete und verglich Anspruch und Wirklichkeit in der katholischen Kirche. Er war ganz sicher, dass die Kirche und Religion überhaupt Machtinstrumente zur Verdummung und zum Niederhalten der Menschen seien. Viel später sagte er einmal: „Ich glaube, seit der Hosengeschichte war ich Kommunist.“

„Frau König, wenn Sie mal in Schwierigkeiten sind, ich weiß, wie man es macht. Ich kriege kein Kind mehr“, flüsterte die Nachbarin Lisa zu.

„Das kommt für mich nicht infrage. Und außerdem ist sowas lebensgefährlich."

„Das ist mir egal, und wenn ich dabei draufgehe. Ich kriege kein Kind mehr."

Und dann war es soweit. Mit Fieber und Blutungen wurde die Nachbarin ins Krankenhaus gebracht. Die Kinder wurden verteilt. Lisa nahm den Jüngsten. Als sie das Kind auszog, zählte sie siebzehn Sicherheitsnadeln, mit denen seine Lumpen zusammengehalten waren. Sie verbrannte die Fetzen, badete das unterernährte Kind und fütterte es. Obwohl der Junge achtzehn Monate alt war, musste er erst mal an festere Ernährung gewöhnt werden. Zwar war Lisas jüngstes Kind, Jettchen, schon acht Jahre, aber ihr ging die Pflege des Kleinen leicht von der Hand. Das Kind nahm zu, verlor seine Apathie und war bald der erklärte Liebling im Hause König. Selbst Peter, der Kinder nicht mochte, spielte ein wenig mit dem Kleinen, wenn er von der Arbeit nach Hause kam. Und der kleine Mathias lernte das Laufen.

Die Nachbarin überlebte und konnte Wochen später das Krankenhaus verlassen. Sie nahm ihren Sohn in Empfang, bemerkte mit abschätzendem Blick seine neue, saubere Kleidung und ging ohne ein Wort des Dankes. Den Königs schien die Wohnung plötzlich leerer. Wenige Tage später stellte die Nachbarin Lisa zur Rede:

„Was haben Sie sich eigentlich dabei gedacht. Sie haben meinen Sohn zum Fresssack gemacht. Das werde ich ihm schnell abgewöhnen. Darauf können Sie sich verlassen."

Nach kurzer Zeit war Mathias wieder blass und apathisch. Laufen wollte er auch nicht mehr. „Ich hätte mich nicht gewundert, wenn sie die alten Fetzen und die Sicherheitsnadeln zurückverlangt hätte", zürnte Lisa.

„Mariechen braucht ein neues Kleid. Das alte sieht abgetragen aus. Sie sticht ab von den anderen Mädchen." Vater Karl stand am Fenster und beobachtete das Geschehen auf der Straße. Aus allen Haustüren strömten Erwachsene und Kinder im Sonntagsstaat, um zur Kirche zu gehen. Vor allem Kinder, Kinder, Kinder. Allein in ihrem Haus lebten fünfundzwanzig. Karl genoss es, seine Kinder zu betrachten.

„Er heißt nicht nur so, er ist stolz wie ein König", flüsterte Lisa nachsichtig und ein wenig gerührt ihrer Tochter Gretchen zu. Sie gestattete sich selten sichtbare Zeichen von Rührung. Karl fiel es sogleich auf, wenn die Sonntagskleider seiner Kinder ein wenig abgetragen oder zu klein geworden wirkten. Und irgendwie musste für neue gesorgt werden. Irgendwie.

Lisa seufzte, wenn es mal wieder besonders knapp war. Wenn mal wieder die Hebamme bezahlt werden musste, wenn wieder eine Erstkommunion anstand oder eine Taufe. Karl pflegte dann zu bestimmen: „Wir lassen es aufschreiben", obwohl er sich sonst nie um finanzielle Dinge kümmerte. Ein gewisser Standard war ihm bei aller Anspruchslosigkeit wichtig. Und Lisa sorgte dafür, dass Karl sonntags und bei Auftritten seines Gesangvereins angemessen gekleidet war.

Diese Sonntage, wenn er nicht arbeiten musste, und die Gesangsproben nach der Messe und ein Glas Bier mit den Sangesbrüdern waren sein einziges Vergnügen. Ja, und der Stolz auf seine Kinder, wenn sie sauber und gut gekleidet das Haus verließen. Bei Prozessionen legte er Wert auf weiße Kleider, die Mädchen gingen schließlich als Engelchen mit. Und mit ihren aufgelösten langen Haaren sahen sie wirklich engelsgleich aus. Dass Lisa am Tage zuvor alle die Köpfe noch einmal geschrubbt und stundenlang die feuchten Haare in Zöpfe geflochten hatte, damit die Haarfülle am nächsten

Tag in Wellen über den Rücken floss, war selbstverständlich. Viele Jahre später, als die Geschwister Erinnerungen tauschten, fragte Mariechen: „Wie hat sie das nur alles geschafft?“

„Gott sei Dank, sie sind alle raus“, mit diesem Stoßseufzer widmete sich Lisa wieder der Arbeit für das Sonntagsessen. Die Rindfleischsuppe musste köcheln. Riesenmengen Kartoffeln und Gemüse warteten auf ihre Zubereitung, und den Braten durfte sie auch nicht aus den Augen lassen. Dabei musste sie das Feuer im Herd unterhalten. Es hatte eigentlich fast immer für ein Sonntagsessen gereicht, für Rindfleischsuppe, Kartoffeln, Gemüse und Braten. Pudding gab es nur zu Weihnachten, zur Erstkommunion und zur Taufe. Milch war nur für Kleinkinder da. Während sie in der Küche wirkte, musste sie an den alten Pastor denken, der ihr milde die Sonntagsmesse erlassen hatte.

„Vielleicht, weil er aus eigener Erfahrung weiß, wie fehlerhaft Menschen sind“, sinnierte sie.

Es war in ganz Laar bekannt, wie gerne er dem Messwein außerhalb des Gottesdienstes zusprach. Seine alte Schwester, die ihm den Haushalt führte, musste oft verzweifelt den Küster um Hilfe bitten. Zu zweit schafften sie dann den am Boden liegenden ins Bett. Jedes Mal beschwor sie den Küster, doch bitte Stillschweigen zu bewahren. Die Laarer nahmen‘s nicht übel.

Was sie erfuhren, tat ihrer Wertschätzung offenbar keinen Abbruch. Zu seinem goldenen Priesterjubiläum war ganz Laar auf den Beinen gewesen. Mit Ehrenjungfrauen in Weiß, mit dem Besuch des Bischofs und einer glanzvollen Messe hatten alle das große Ereignis genossen. Der Jubilar war von zwei Mitbrüdern gestützt worden, als er durch das Spalier der hochrufenden Menge in die Kirche geleitet wurde.

„Aufpassen Lisa“, sagte sie sich, „lass‘ Dich nicht von Erinnerungen ablenken, sonst verbrennt der Braten.“

„Kasper, wie siehst Du denn aus! Hast Du mal wieder den Weihrauch nicht vertragen. Setz Dich, hier ist eine Tasse Bouillon“, die Mutter füllte eine Blechtasse und Kasper trank gehorsam.

„Es geht mir schon besser, Mama.“

„Dieser Weihrauchdunst. Ich kann den auch nicht vertragen.“ Kasper schwieg mit gesenktem Kopf. Wenig später fiel die Familie, Gretchen pflegte zu sagen „Wie ein Heuschreckenschwarm“ ein.

Lebhaftes Geschnatter, der Austausch von Neuigkeiten, der Duft des Bratens und die Aussicht auf ein gutes Essen lenkten von Kaspers Unwohlsein ab, zumal er gar nicht unwohl aussah. Alle setzten sich zu Tisch. Die Mutter saß selten dabei. Sie füllte die Teller, maß die Portionen zu und irgendwann, wenn alle zufrieden waren, aß sie von dem, was noch da war.

Es war wie immer sonntags. Alle wären noch zufriedener gewesen, wenn Papas Platz nicht leer wäre. Lisas Lippen waren nur noch ein Strich.

„Mama“, versuchte Gretchen zu vermitteln. „Ärgere Dich doch nicht so. Du kennst ihn doch.“

„Und ob ich ihn kenne. Man kann ihn am seidenen Fädchen ziehen. Da braucht einer nur zu sagen, wenn er schon den Hut aufhat und die Türklinke in der Hand: ‚Karl, trinkst Du noch ein Glas mit?‘“ „Was tut er dann?“

„Papa kann eben schlecht ‚nein‘ sagen, das weißt Du doch.“

„Dann geht er zurück und trinkt noch ein Bier oder auch zwei, und hier wird sein Essen kalt.“

Die Geschwister nahmen die Situation einigermaßen gelassen, obwohl sie den Ärger der Mutter verstehen konnten.

„Da können einmal in der Woche alle zusammen am Mittagstisch sitzen. Und dann bleibt er kleben. Und dann kommt er wie ein begossener Pudel und sagt: ‚Lisa, es ist etwas später geworden'. Jeden Sonntag." „Mama, doch nicht jeden Sonntag."

Die Tür öffnete sich. Vater Karl stotterte verlegen: „Lisa, es ist etwas später geworden. Der Chorleiter hat gesagt ..."

„Er hat gesagt: ‚Trink noch ein Glas mit.'"

„Woher weißt Du das?"

Die Geschwister versuchten, sich nur auf ihren Teller zu konzentrieren, um den Eindruck zu vermeiden, sie könnten erheitert sein.

„Nun setz Dich schon, ich wärme Dir Dein Essen auf."

Kleinlaut nahm Karl platz.

„Männer, jedes Mal wenn Du die Tür zur Kneipe aufmachst, müsste ein Ziegelstein auf Deinen Kopf herunterfallen."

„Na, na, Lisa."

„Und das Schlimmste ist, er kann gar nicht viel vertragen. Jedes mal, wenn er was getrunken hat, ist er selig. Dann hat er die schönste und tüchtigste Frau und die besten Kinder."

„Mama, es gibt Schlimmeres."

„Ach, ja!"

Kasper erzählte viele Jahre später: „Ich war nur so blass, weil ich ein schlechtes Gewissen hatte. Ich habe nämlich die Messe geschwänzt. Und mein Gewissen wurde noch schlechter, als Mama so besorgt war, und ich auch noch Bouillon bekam. Ich glaube, das war das erste und einzige Mal, dass unser Mama etwas nicht durchschaut hat. Es war wohl das Sonntagsessen, das sie so ablenkte. Ich habe es erst sehr viel später gebeichtet."

Unser Mama oder ‚ons Mama'.

Noch als Achtzigjährige sprachen sie von ihr, als sei sie im Nebenzimmer.

Der nasse Aufnehmer

„Marie, wieso knallst Du denn die Tür so?“, ärgerlich sah der Vater von der Zeitung auf.

„Dieser Mistkerl, diesmal habe ich ihm den nassen Aufnehmer um die Ohren gehauen.“

„Wem hast Du den nassen Aufnehmer um die Ohren gehauen?“ Der Vater legte irritiert die Zeitung zur Seite.

„Nichts besonderes Karl, lies nur in Ruhe Deine Zeitung weiter“, Mutter Lisa schob ihre Tochter ins Schlafzimmer.

Stirnrunzelnd und leise brummend widmete er sich wieder seiner Lektüre. Was immer es war, Lisa würde es regeln.

„Also?“, Lisa wartete beunruhigt. Heftige Ausbrüche waren bei Mariechen selten. Die Tochter holte tief Luft. „Das geht schon seit Monaten so.“

„Was denn? Du hast nie was erzählt.“

„Ach, ich habe gedacht, er lässt es irgendwann.“

„Was sollte er lassen?“ Lisa fragte, obwohl sie im Grunde ahnte, was sie zu hören bekäme.

„Er ist so verdammt raffiniert. Er streicht dicht an mir vorbei, berührt meine Brust, selbst wenn seine Frau in der Nähe ist. Wenn ich ihn wütend angucke, lächelt er unschuldig. Und wenn ich es ihm verbiete, grinst er nur und meint, ich hätte aber eine schmutzige Phantasie. Beim Treppenputzen steht er hinter mir und schaut unter den Rock. Dann kommt er immer näher, und wenn ich mich schnell aufrichte, meint er scheinheilig, ich sollte mal zum Arzt gehen, weil ich so nervös sei.“

„Und seine Frau, merkt die denn nichts?“

„Wie auch, er ist so geschickt, und sie ist mit ihrer späten Schwangerschaft beschäftigt! Und er ist so besorgt, ehrlich besorgt um sie. Einmal habe ich ihm gedroht, ich würde es seiner Frau sagen.

„Was willst Du erzählen“, hat er gelacht. „Glaubst Du, jemand würde Dir glauben. Das Wort eines Ruhrorter Reeders gegen ein Dienstmädchen! Falsche Anschuldigungen sind strafbar, wie Du weißt. Unser guter Pastor würde Dir ins Gewissen reden, und Du bekämst ein Zeugnis, mit dem Du keine Arbeit mehr kriegst.“

Lisa krampfte die Hände zusammen.

„Und jetzt hat er die Katze endgültig aus dem Sack gelassen. Er höhnte: ‚Was willst Du mit so einem Milchgesicht von Verlobten. Du solltest es mal mit einem richtigen Mann versuchen. Wie lange sparst Du für einen erbärmlichen Küchenherd, wie lange musst Du dafür arbeiten? Den kannst Du Dir doch bei mir schnell verdienen. Hast Du Angst, dass ich Dir ein Kind machen könnte! Ha ha!'“

Da habe ich ihm den nassen Aufnehmer um die Ohren geschlagen und bin abgehauen.“

„Und wie soll es weitergehen?“ fragte Lisa zornbebend.

Mariechen hatte sich inzwischen wieder beruhigt. „Ich werde der Frau morgen sagen, mir sei schlecht gewesen. Und er wird sich jetzt bestimmt zurückhalten.“

„Hast Du Hugo nie etwas davon erzählt?“

„Um Gottes Willen, er hätte den feinen Herrn zusammengeschlagen und wäre dafür ins Gefängnis gegangen. Die sind mit allem was in Ruhrort einen Namen hat befreundet, besonders eng mit dem Pastor und dessen Familie. Ich höre förmlich wie sie sagen: „Diese Dienstboten heute! Das wäre zu Kaisers Zeiten unmöglich gewesen!'“

„Auf Kaisers Zeiten können wir verzichten“, knurrte Lisa.

„Aber es ist schon gut, dass Papa nichts mitbekommen hat. Der wäre auch nicht zu bremsen gewesen.“

„Was willst Du also tun?"

Mariechen überlegte: „Sie haben mich nie ausgenutzt und haben recht gut bezahlt, zwanzig Mark für halbe Tage. Sie waren mit meiner Arbeit immer zufrieden. Die Frau hat mitgearbeitet und gut gekocht. Ich saß am Familientisch, und wenn er protestierte, dass ich das größte Stück Fleisch bekommen hätte, hat sie bestimmt gesagt: ‚Maria arbeitet ja auch!' Ich muss ehrlich sein, Mama, ich hatte es immer besser als die meisten Hausmädchen."

„Du hast Dich auch nie beklagt", erinnerte die Mutter, „und Deine Weihnachtsgeschenke waren nie Dienstmädchengeschenke, ein paar Handtücher oder so", gab die Mutter widerwillig zu.

„Du hast eine silberne Armbanduhr und ein feines Lederköfferchen bekommen."

„Alles gut, bis auf diesen Mistkerl", seufzte Mariechen.

„Männer", sagte Lisa. Und noch einmal: „Männer!"

„Was willst Du jetzt machen?"

„Ich werde mir was anderes suchen. Vielleicht fange ich im Kabelwerk an."

„Die Arbeiterinnen da haben nicht gerade den besten Ruf", gab Lisa zu bedenken.

Mariechen blieb gelassen, zuckte die Achseln: „Na wenn schon. Ich komme klar. Bin ja kein Kind mehr."

Das Abendessen

„Da lauert der Kerl schon wieder“, der Vater schüttelte missbilligend den Kopf und trottete die paar Schritte vom Fenster zu seinem Stuhl neben dem Küchenherd zurück. Seufzend und brummelnd ließ er sich auf den harten Holzsitz fallen.

Seine Frau sah vom Kartoffelschälen kaum auf: „Immer steht er an der Ecke, bis die Emma kommt, ‘rein darf er ja nicht mehr, der Weber hat ihn rausgeschmissen. Mit dem Kommunisten will er nichts zu tun haben, hat er gesagt, der alte Säufer.“

Sie strich sich energisch die schwarze Haarsträhne, die sich von dem straff in einem Knoten zusammengefassten Haar gelöst hatte, aus der Stirn zurück.

„Wenn die Emma meine wär, flög‘ sie raus“, erklärte sie kurz.

„Na, na, Lisa“, ganz überzeugt schien der Mann neben dem Küchenherd davon nicht zu sein: „Unser Gretchens Mann ist auch Kommunist.“

Von der Treppe erschollen hastige Schritte. Die Tür flog auf. Ein junges Mädchen stürzte herein. Lockiges braunes Haar hing ihr wirr in die Stirn. Sie warf sich auf einen Stuhl am Küchentisch. Ihre kurzen Beine berührten kaum den Boden.

„Was soll das?“, empörte sich der Vater. Die Mutter fixierte die Tochter nur scharf.

„So eine Blamage“, aufschluchzend trommelte das Mädchen mit den Fäusten auf den Tisch.

„Nu, nu, Jettchen“, beruhigte der Vater. Die Mutter wartete.

„Ich bin doch mit Lisbeth Weber zum Kino spaziert, wir wollten die Bilder gucken. Ich hatte sie gerade eingehakt, da, da …“, sie heulte noch lauter los, „da kommen auf der anderen Straßenseite drei so junge Kerle an, und wie sie uns sehen, schreit der eine auf einmal: ‚Da ist sie, da ist sie!' und zerrt die anderen rüber zu uns und schreit ‚Das ist die geschlechtskranke Sau, die mich angesteckt hat!' und spuckt vor Lisbeth aus.

Und im Nu waren ganz viele Leute da und alle guckten, und er schrie immer weiter ‚Geschlechtskranke Sau, geschlechtskranke Sau!'. Da bin ich losgerannt und immer nur gerannt", erschöpft lässt das Mädchen den Kopf auf den Tisch sinken. Die schmalen Schultern zuckten. „Ich geh' nie mehr vor die Tür, nie mehr!"

„Das ist ein Volk! Das ist ein Gesocks!" In die Empörung des Vaters hinein klingt die Stimme der Mutter: „Komm, Jettchen, trink eine Tasse Bouillon." Sie schöpfte aus dem Topf, in dem die Rindfleischsuppe bereits für den morgigen Sonntag siedete, eine Tasse Brühe und schob sie dem Mädchen hin.

Sonst sagte sie nichts, aber ihre Lippen waren noch schmaler als sonst.

Dann schälte sie weiter Kartoffeln. Ein kleiner Eimer war fast voll. Der Vater griff, immer noch kopfschüttelnd, zu seiner Zeitung. Das Mädchen beruhigte sich allmählich. Seine lebhaften braunen Augen schweiften in der Küche umher. Der Vater war inzwischen auf seinem Stuhl in der Wärme des Herdes eingenickt. Die Zeitung entglitt ihm. Jettchen hob sie auf, faltete sie und schob sie hinter den Küchenschrank. Auch die Pfeife drohte den Händen des schlafenden Mannes zu entgleiten. Jettchen löste sie behutsam aus seinen Fingern. Dabei fiel ihr flüchtiger Blick auf den Schlafenden.

Sie war das jüngste von elf Kindern. Sie kannte den Vater nur als nahezu kahlköpfigen weißhaarigen älteren Mann. Seit einem halben Jahr war er Rentner, Frührentner, wegen der Wirtschaftskrise. Den Tabaksbeutel und die erkaltete Pfeife verstaute sie sorgfältig in einer Schublade des Küchenschrankes und schob die Lade energisch zu.

Die Mutter briet bereits die Kartoffeln. Bratkartoffeln gab es fast jeden Abend. Jettchen sah, dass das Essen bald fertig war. Sie überlegte. Peter und Kasper hatten Frühschicht; sie würden also zum Essen da sein, Kasper und Peter, die zwei ungleichen Brüder, ungleich im Alter, im Aussehen und im Wesen.

Peter, der Älteste, war aschblond, seine hellbraunen Augen blickten immer etwas blasiert. Kasper, der jüngste Bruder, hatte krause, tiefschwarze Haare und fast schwarze, lebhafte Augen. Peter neigte zur Oberflächlichkeit und war eigentlich nur an sich selbst interessiert.

Kasper war nachdenklicher und weichherziger. Die jüngeren Schwestern Mariechen und Jettchen hatte er bei Streitigkeiten mit anderen Kindern stets mit Löwenmut verteidigt. „Dabei war er immer der Kleinste", Jettchen lächelte in der Erinnerung. Sie liebte ihn besonders und freute sich, als er zur Tür hereinkam.

Mariechen käme sowieso. Sie hatte nur eine Halbtagsstelle. Sie war diesen Nachmittag mit ihrem Verlobten unterwegs, um sich ein gebrauchtes Fahrrad anzusehen. Die Verlobten würden also bald zurück sein.

Käthe hatte ihren freien Nachmittag, alle zwei Wochen einen. Sie war sicher einkaufen gegangen. Das tat sie an ihrem freien Nachmittag oft. Nie kam sie nach Hause, ohne ein praktisches Geschenk für ein Familienmitglied mitzubringen.

Und immer schimpfte Mama, sie solle doch das Geld lieber für ihre Aussteuer sparen. „Wozu?", dachte Jettchen, „die kriegt ja doch keinen."

Und sie sah ihre langbeinige staksige Schwester vor sich, die so gar nichts von der Flinkheit und Wendigkeit und dem Charme ihrer kurzbeinigen anderen Schwestern hatte. Käthes Sturheit und Rechthaberei brachten oft die ganze Familie zur Verzweiflung und reizten zum meist gutmütigen Spott.

„Gretchen kommt bestimmt, sie war heute noch nicht da", dachte Jettchen halblaut. Gretchen war verheiratet. Sie wohnte wenige Häuser weiter mit Mann und Tochter in einer Einzimmerwohnung und kam jeden Tag wenigstens einmal vorbei, „um nach Mama zu sehen".

Jettchen deckte flink den Tisch, stellte die große Schüssel mit eingelegten Heringen darauf, rückte fünf Stühle zurecht, Papas war der sechste.

Mama, Käthe und sie selbst würden später essen. Eine andere Reihenfolge wäre ihr nicht in den Sinn gekommen.

Als erste erschienen Mariechen und ihr Verlobter Hugo.

„Na, was ist mit dem Rad?" Die Mutter sah ihnen skeptisch entgegen, ohne ihre Tätigkeit zu unterbrechen. Die Verlobten warfen ihre Mäntel achtlos über einen Stuhl. Jettchen griff hastig danach und brachte sie ins Elternschlafzimmer. Sekunden später war sie zurück.

„Das Rad ist prima", schwärmte Mariechen.

Mit leisem Neid sah Jettchen auf die Schwester; aber obwohl eine Familienähnlichkeit unverkennbar war, wusste Jettchen sehr wohl, dass Mariechen mit den feineren Gesichtszügen, dem feingliedrigeren Knochenbau und den geraden Beinen die Hübscheste der Schwestern war. „Außer Anna", dachte sie ein wenig trotzig. Aber dann schämte sich sich.

Erst jetzt drang die Stimme des zukünftigen Schwagers in ihr Bewusstsein: „... nicht bezahlt, hat der Händler zurückgenommen. Vierzig Mark ist zwar nicht geschenkt, aber es ist wirklich leicht und stabil, ein Markenrad. Und Mariechen spart die fünf Mark Fahrgeld, wenn sie bald beim Kabelwerk anfängt. Und wir können es abbezahlen. Und in acht Monaten hat sie das Geld fürs Rad raus. Wir heiraten in anderthalb Jahren. Dann haben wir an dem Fahrrad schon vierzig Mark verdient."

„Und im Winter bei Eis und Schnee und dann über die Brücken, das sind ja, wart mal, bestimmt eine Stunde ...", rechnete die Mutter.

„Etwas mehr", berichtigte der junge Mann, „sie wird sich eben warm anziehen."

„Das macht mir nichts aus, wirklich nicht!", versuchte Mariechen eifrig die Bedenken der Mutter zu zerstreuen.

Diese hörte kaum auf die Beteuerungen der Tochter. Nachdenklich, ein wenig beunruhigt ruhte ihr Blick auf dem Schwiegersohn. Ihr abschließendes „Na, ja", klang eher skeptisch.

„Ich habe alles ganz genau berechnet und ausgerechnet", er wollte in seine Brusttasche greifen. Die Mutter winkte ab.

„Wo Käthe nur so lange bleibt?", die Mutter klang beunruhigt.
„Hat sich mal wieder den freien Nachmittag vermasseln lassen, von der Madam", ärgerte sich Gretchen, die inzwischen gekommen war.

„Ach Käthe, machen sie doch noch eben dies und das und jenes, bevor Sie gehen", äffte Sie die Stimme von Käthes Chefin, Frau Bongers, nach. „Und unsere Käthe tut das, wehrt sich nicht, nach 15 Jahren Dienst." Das Wort ‚Dienst' betonte sie verächtlich.

„Ausbeuter sind sie alle! Mein Mann sagt ..."

„Wir wissen, was Dein Mann sagt und wo er es sagt. Deswegen hat er schon wieder seine Arbeit verloren", polterte der Vater.

„Aber ...", Grete setzte zur Verteidigung ihres Mannes an.

„Gretchen, komm doch mal und hilf mir", unterbrach die Mutter. Gretchen verstand, half, wo es nichts zu helfen gab, und der Vater schwieg ebenso schnell besänftigt wie er vorher aufgebraust war.

Die anderen reagierten teils interessiert, teils gleichmütig auf den Disput.

„Da kommt Käthe", verkündete Grete.

„Woher willst Du das wissen?" Jettchen war erstaunt.

„Den Schritt auf der Treppe erkenne ich unter Tausenden." Sie verkniff sich ‚das Trampeln' zu sagen.

Außer Atem wollte Käthe erklären, warum sie so spät sei, aber Grete imitierte sogleich Frau Bongers: „Ach Käthe, bevor Sie gehen, bohnern Sie noch einmal schnell das Linoleum blank und vergessen Sie auch nicht das bisschen Bügelwäsche, und …"

„Genau das hat sie gesagt", sprachlos starrte Käthe die zungenfertige Schwester an. „Woher weißt Du …?"

„Du vergisst, ich habe da mal drei Monate gearbeitet, als Du so total fertig warst."

„Käthe schlägt jede Waschmaschine vierzig mal, hat sie mir vorgehalten. Ich hab' ihr was gepfiffen. Ausbeuter!"

Ihr Blick blieb an Käthe haften.

„Ah, Käthchen, Du hast ein neues Kleid? Zeig mal."

Käthe ließ sich geschmeichelt bewundern. Auch die anderen wurden aufmerksam.

„Ein schöner Stoff, Wolle, der trägt sich bestimmt gut und hält ewig. Ich leg' ja keinen Wert darauf, dass was ewig hält, aber der Stoff ist wirklich gut, 'n bisschen lang, aber Du bist ja nicht so fürs Moderne. Der gleiche Schnitt wie Deine anderen Kleider. Ist ja auch am Vorteilhaftesten für Dich."

„Die Schneiderin sagt, ich habe eine gute Figur." Käthe versuchte, sich energisch gegen den Redefluss der spitzzüngigen Schwester durchzusetzen. Aber die fuhr unbeirrt fort: „Sicher, sicher! Du musst natürlich darauf achten, was Du trägst, aber ein bisschen flotter könnte es schon sein. Ja, wenn Du Dein Haar nicht so glatt zögst, und dann das Röllchen im Nacken! Abschneiden, Du solltest Dir Dein Haar abschneiden lassen. Alle haben einen Bubikopf, nur Du ..."

Beunruhigt war die Mutter der recht einseitigen Unterhaltung gefolgt, während die anderen mehr oder weniger amüsiert oder zustimmend reagierten.

„Frau Bongers hat gesagt ...", versuchte sich die Angegriffene zu verteidigen.

„Quatsch", resolut wischte Grete den Einwand weg. „Frau Bongers hat keine Ahnung, oder schlimmer, sie braucht so ein Arbeitspferd wie Dich. Sie will, dass Du wie ein Trampel aussiehst, damit Du ja nicht heiratest und Du weiter nach ‚Plan' arbeitest." Im Tonfall eines preußischen Feldwebels kommandierte sie: ‚Zehn Minuten Putzzeit für jedes Fenster; Türen abwaschen, je Tür achteinhalb Minuten! Jede Waschmaschine ist vierzig Mal zu schlagen!'" Sie lachte schallend: „So verrückt möchte ich auch mal sein!"

Käthe versuchte vergebens zu protestieren, richtigzustellen, ihre Chefin, die ihre Pflichttreue tatsächlich ausnutzte, zu verteidigen. Ihre Ansätze dazu gingen im zustimmenden Gelächter der Geschwister unter. Sie schaute hilflos in die lachenden Gesichter und schrie plötzlich in ohnmächtigem Zorn: „Und die Haare bleiben dran, die Haare bleiben dran ...!"

Laut aufschluchzend stürzte sie ins Elternschlafzimmer.

Grete pfiff gekonnt hinter ihr her: „Du bist verrückt mein Kind." Jetzt erst begriff der Vater, dass die lebhafte Unterhaltung offensichtlich in Misstönen geendet hatte.

„Ruhe! Ich will keinen Streit hier!" Die Geschwister schwiegen betreten, als auch die Mutter energisch dazwischen fuhr:

„Lasst sie doch in Ruhe. Da kommt das Mädchen alle vierzehn Tage einmal nach Hause …"

„Ach Mama, sie ist aber auch.."

„Ihr wisst, wie sie ist, nehmt sie so."

Und der Vater bekräftigte eigensinnig. „Ich will hier keinen Streit, ich will Ruhe und Frieden."

Peter stürmte grußlos herein. Die Schwestern sahen sich achselzuckend an. „Ich brauch' das Waschbecken, macht mal Platz. Ich muss mich noch rasieren."

Seine ungeduldige Stimme übertönte die Gespräche der anderen: „Mama, ich brauche frische Socken. Ich muss in zwanzig Minuten bei Jakowskis sein. Der Mandolinenclub übt da heute …"

Verblüfft stotterte Jettchen: „Aber Du hast doch gestern gesagt, Du willst mit den Pollacken nichts zu tun haben."

„Gestern, gestern", kläffte er die Schwester an und dann aufbrausend: „Was geht Dich das an, dummes Blag, kümmere Dich nicht um meine Angelegenheiten, halt Dich draus."

Wild gestikulierend wandte er sich dem Mädchen zu, in der einen Hand den Rasierpinsel, in der anderen das Rasiermesser. Die Augen rollten über der schaumbedeckten unteren Gesichtshälfte. Schaumflocken waren auf das offene Unterhemd gefallen, die Hosenträger hingen rechts und links herunter.

„Wie Affenschaukeln", dachte Jettchen. Hin und her gerissen zwischen der Lust zu lachen und einer gewissen Angst vor dem Bruder, duckte sie sich und rieb instinktiv den blauen Flecken an der linken Wade. Wenn der Bruder wütend war, konnte sie schon mal einen Stoß abbekommen.

„Peter, reg Dich ab. Jettchen hat doch nichts getan."

„Jettchen, halt' doch auch den Mund, Du kennst ihn ja …"

Unter dem Zureden der Geschwister beruhigt sich Peter schnell.

Bald erscholl Gesang aus dem Schlafzimmer, wo er seine Toilette beendete. Augenblicke später erschien er bester Laune, den flachen Strohhut unternehmungslustig schräg auf dem Kopf, die Mandoline im Futteral unter dem Arm.

„Ich esse später", verkündete er gnädig und verschwand. Die Schwestern brachen in Gelächter aus. Die Mutter wurde energisch: „Jetzt wird gegessen."

Die zwiebelduftenden Bratkartoffeln, die eingelegten Heringe, Brot und Margarine fanden dankbare Esser.

„Ich freue mich immer auf Ihre eingelegten Heringe, Frau König", lobte Hugo die zukünftige Schwiegermutter.

„Na, dann halt Dich mal ran, sind ja genug da."

Jettchen staunte: „Gibt es bei Euch zu Hause keine?"

Der junge Mann wurde ein wenig verlegen. Mariechen und die Mutter warfen Jettchen einen mahnenden Blick zu, die darauf verunsichert schwieg.

„Gottohgott", dachte Mariechen, „jetzt ist sie schon wieder beleidigt."

„Ich erkläre es Dir später einmal", zischelte sie ihr zu.

„Im Schlafzimmer?" flüsterte Jettchen erwartungsvoll.

Gegessen wurde schweigend. Der Vater bestand darauf.

Hugo bedankte sich für das Essen. Er verabschiedete sich. Am nächsten Morgen musste er früh aufstehen. Mariechen wollte ihn noch bis zur nächsten Straßenecke begleiten.

„Bleib‘ nicht zu lange", der Vater klang streng. „Ja, Papa."

„Ja, Herr König."

Die anderen Geschwister verbargen ihre leichte Belustigung.

Alle erhoben sich vom Tisch. Käthe schaute nervös auf ihre Uhr. Es wurde Zeit für sie. Der freie Nachmittag war vorbei.

Bestimmt hatte ihre Chefin, die Frau Bäckermeister, noch einiges für sie zu tun, bevor sie endlich in ihrer Dachkammer, die sie mit dem zweiten Dienstmädchen teilte, ins Bett fallen konnte.

„Tschüs, Mama, tschüs, Papa."

„Tschüs, Käthe." Grübelnd sah die Mutter ihrer Ältesten nach.

„Guck mal", Grete wies zum Tisch.

Kasper war von den anderen unbemerkt eingeschlafen. Sein schwarzer Kopf lag vorübergeneigt auf der Tischplatte neben seinem halbvollen Teller.

„Die Arbeit an der Drehbank. Er ist nicht der Kräftigste. Aber es ist schon lange nicht mehr passiert."

„Wir sind nun mal ‚Familie Klein'", bestätigte Gretchen.

Die Mutter seufzte: „Während der Lehre war das ja noch viel schlimmer. Er war so klein …"

„dass sie ihm eine Fußbank vor die Drehbank stellen mussten", ergänzte Gretchen.

„Und drei Monate lang nur feilen, feilen, feilen. Und wir haben gedacht, wir können es uns jetzt erlauben, wo alle anderen aus dem Gröbsten raus sind, ihn eine Lehre machen zu lassen. Er sollte kein einfacher Arbeiter auf Phoenix sein. Er sollte etwas lernen. Ein Handwerk ..." Ihre Stimme verlor sich.

Es wäre ihr nie in den Sinn gekommen, über seinen Kopf zu streichen.

Grete verstand sie auch so. Sie sah die Mutter liebevoll an.

Die presste die Lippen zusammen und sah weg.

„Ich muss jetzt, Mama."

„Dein Mann wird warten, bis morgen."

„Bis morgen."

Der Milchmann – Anna

Von der Straße klang Bimmeln herauf. Lisa blickte auf die Uhr, griff nach der bereitgestellten Milchkanne und lief die Treppe hinunter. Die Haustür stand weit offen, wie gewöhnlich.

Als sie ihn sah, traf es sie wie ein Blitz. Er war es. Gut zehn Jahre älter geworden, aber er war es.

Sie sahen sich im schrecklichen, letzten Kriegsjahr 1918.

„Bitte, nur ein Tässchen voll", die Stimme gehorcht ihr kaum. Sie hält ihm flehend eine Emailletasse entgegen.

„Unsere Anna, sie hat hohes Fieber und ist so schwach, wir haben nichts zu essen für sie, bitte. – Nur eine halbe Tasse", bettelt sie.

„Haben Sie einen Bezugsschein? Nur Kinder unter sechs Jahren kriegen Milch", gleichgültig blickt er über sie hinweg.

„Seit fünfzehn Jahren kaufen wir bei Ihnen. Unsere Anna, sie hat die Lungenpest, die spanische Grippe. Sie stirbt mir unter den Händen weg, und ich habe nichts …". Ihre Stimme erstirbt.

„Da könnte ja jeder kommen. Ich habe ja schließlich meine Bestimmungen."

Beifallheischend sieht er sich um. Unter den mitleidigen Blicken ausgemergelter Frauen schlurft sie ins Haus zurück.

Im Schlafzimmer versuchen die Schwägerin und Gretchen, eine tobende Anna zu bändigen.

„Ich verbrenne", schreit sie, „ich will hier raus!"

Mit wild rudernden Armen kämpft das zarte Mädchen gegen die Hände, die sie wieder auf das schweißnasse Lager zurückdrängen wollen.

Ein Augenblick der Klarheit: „Mama, ich will nicht sterben!" Sie fällt zu Tode erschöpft zurück.

„Lisa“, die fromme Schwägerin drängt, „Lisa, wir müssen den Kaplan holen. Er muss das Zimmer aussegnen. Sie ist besessen.“

Der Kaplan kommt. Er segnet eine Tote.

Aus ihrer Erinnerung erwachend, spürte sie eine Hand auf ihrer Schulter. „Lisa, was ist?“

Die Schwägerin, die seit Jahren mit ihrer Familie im gleichen Haus wohnt, starrte sie an. Lisa wandte sich abrupt um und hetzte die Treppen hinauf. Die leere Milchkanne schepperte.

Allein in der Wohnung ging sie wie in Trance zu dem großen Kleiderschrank, holte aus der hintersten Ecke einen verschnürten Karton heraus. Sie musste sich setzen. Ihre Hände zitterten, als sie zum ersten Mal nach Annas Tod den Karton öffnete.

Obenauf lag das Foto, auf das sie immer so stolz gewesen war, Anna und Peter, ihre beiden Ältesten. Sie hatten sich immer so gut verstanden. Peter saß mit leicht übergeschlagenen Beinen auf einem Stuhl, die Arme gewollt locker auf den niedrigen Seitenlehnen. Der hohe Kragen und der korrekte Anzug ließen ihn älter erscheinen als er war. Anna, stehend, beugte sich leicht zu ihm hin.

Wie gut beide aussahen. Anfang des Krieges war Peter leicht verwundet worden. Als feststand, dass er Probleme mit der Blutgerinnung hatte, brauchte er nicht mehr ins Feld zurück.

Er arbeitete, wie eigentlich alle in dem Stadtteil, auf Phoenix. Aus seinen Kriegserlebnissen hatte er die Konsequenz gezogen, sich nur noch den angenehmen Seiten des Lebens zu widmen.

Da war Anna. Anna hatte Stil. Keiner hatte ihr die Arbeitertochter aus kinderreicher Familie angesehen. Die Mutter erinnerte sich. Die Spitzenbluse, die Anna auf dem Bild trug, war sündhaft teuer gewesen, der Rock aus feinstem Tuch auch. Anna ließ nur bei den besten Schneiderinnen in Laar oder Ruhrort arbeiten. Die fürchteten Annas Ansprüche.

„Die ersten Kriegsjahre waren ja noch ziemlich normal", sinnierte sie.

Und dann konnte sie den Sturm der lange zurückgedrängten Erinnerungen nicht mehr aufhalten. Szene folgte auf Szene.

Anna stürmt herein. Anna wirft den eleganten Hut auf den Küchentisch. Sie reißt das fein verschnürte Päckchen, das ihr als Alibi beim Bummeln auf der Königstrasse dient, vom Handgelenk und schluchzt hysterisch auf.

„Anna, um Gottes Willen, was ist denn passiert? Anna, beruhige Dich doch. Was ist los?"

Wütendes Aufstampfen. „Ich habe gedacht, ich wäre elegant, aber da waren welche in Duisburg noch eleganter als ich."

Anna kommt von der Arbeit nach Hause. „Ich habe Hunger."

„Gleich, Anna. Das Essen ist in einer Viertelstunde fertig."

„Ich will aber jetzt essen."

„Es ist noch nicht fertig, Anna. Wir essen dann alle zusammen. Die Kinder haben auch Hunger."

Anna lauter: „Was habe ich damit zu tun? Gesocks, alles Gesocks!"

Angewidert blickt sie um sich. Kasper und Mariechen reißen Mund und Augen auf. Jettchen kriecht auf dem Boden.

„Gesocks?" Der Vater springt auf, stürzt mit erhobener Pfeife auf die Tochter zu.

Die Mutter wirft sich dazwischen. Anna fällt schluchzend in sich zusammen, hebt Jettchen hoch. „Mein Baby, mein armes Baby. Ich muss Dich mal waschen und feinmachen und kämmen. Baby hat so schöne Locken."

Mit einer Waschschüssel und dem Kriechkind auf dem Arm verschwindet sie in der Kammer, im Elternschlafzimmer.

„Lisa", der Vater hebt ratlos die Schultern.

„Lass mal, Karl, sie kriegt sich schon wieder ein."

Anna singt.

Stoßseufzer: „Dem Himmel sei Dank. Sie singt!"

Anna kann sehr lieb und charmant sein.

Anna hockt in einer Zimmerecke. Anna ist drei Jahre alt. Anna weint.

„Anna, was hast Du denn?"

Schluchzen: „Ich bin lieb."

„Aber ja, Du bist sehr lieb."

Lauteres Schluchzen: „Anna ist brav."

„Ja, ja, Anna ist lieb, Anna ist sehr brav."

Anna hockt zwei Stunden in der Ecke, schluchzt: „Anna ist lieb, Anna ist brav."

Der Schwager ist Vorarbeiter bei Phoenix. Er wohnt im gleichen Haus.

„Die Anna ist sehr tüchtig, sagt der Meister."

Anna hat immer die besten Zeugnisse. Anna kontrolliert eingehende und ausgehende Waggons und macht die Papiere fertig. Phoenix ist kriegswichtig. Phoenix produziert Stahl.

„Der neue junge Ingenieur macht Anna den Hof. Hat ernste Absichten. Das wäre doch ein Schwiegersohn, was, Karl?"

Anna lässt ihn abblitzen. Wirft den Kopf in den Nacken.

„Was der sich einbildet.“

Der junge Mann bedauert Annas Tod tief.

Bei der Beerdigung tröstet Schwägerin Grete: „Lisa, sie war ja doch Dein Kreuz.“

Lisa hat ihr das nie verziehen.

Holzpantinen-Franz

Sie sprach halblaut vor sich hin: „Da schien es langsam bergauf zu gehen. Die Größeren verdienten ja schon. – Aber der Krieg."

Sie seufzte und strich über das Foto der beiden Ältesten und legte es behutsam zurück in den Karton. Zögernd nahm sie ein Kommunionbild heraus.

Es zeigte einen Jungen in einem dunklen Anzug. Aus einem runden Kindergesicht blickten sie ernsthafte Augen an. Franz. Sie schloss die Lider. Da waren sie wieder, die Bilder in ihrem Kopf.

„Frau König, Frau König", eine schrille Kinderstimme schallt von der Straße hoch. Sie reißt das Fenster auf. Unten steht der „Budenjunge" des Dachdeckers, bei dem Franz arbeitet. Ihr wird eiskalt.

Die Augen entsetzt aufgerissen schreit er: „Frau König, schnell, der Franz."

Sie fliegt die Treppe hinunter.

„Was ist mit Franz?"

Der Junge stottert, gibt unartikulierte Laute von sich.

Sie schüttelt ihn: „Was ist mit Franz, ist er …"

„Er ist vom Dach gefallen."

Da rennt sie schon los.

Auf halbem Weg kommt ihr ein kleiner Zug entgegen. Auf der offenen Ladefläche eines Holzkarrens liegt Franz. Ein paar Männer sind dabei.

Als sie die Frau sehen, stockt der Zug. Die Männer schauen betreten zu Boden. „Wir bringen ihn zur Krankenstation."

Sie sieht, dass ihr Franz keine Krankenstation mehr braucht. Still und anscheinend unversehrt liegt der kleine Körper da. Ihr Blick saugt sich an dem Meister fest.

„Er arbeitete auf einem Schuppendach, nur drei Meter hoch, ringsum nur Sandboden. – Ein einziges Stück Schiene von einer Lore. – Er ist abgerutscht, die Holzpantinen, keine Dachdeckerschuhe, der verdammte Krieg“, der Mann stammelt, wischt sich die Augen.

Sie weint nicht, sie schreit nicht. Sie geht neben dem Karren her, bedeckt die Kinderhand mit ihrer schweren Arbeitshand.

Franz wird im Schlafzimmer aufgebahrt. Die „Klageweiber“, wie Peter die Nachbarinnen nennt, beten und halten mit der Familie die Totenwache.

„Wenn Lisa doch weinen würde“, seufzt die Schwägerin.

Lisa weint, wenn sie allein ist. Wer kann, macht einen scheuen Bogen um sie.

Sie seufzte laut: „Kaum fünfzehn Jahre alt ist er geworden, unser Franz. Er war immer ein stilles in sich gekehrtes Kind. Hat nie etwas verlangt, war mit allem zufrieden, kam niemanden in die Quere – In der Schule war er nicht gerade der Beste.“

Ihr Herz krampfte sich zusammen, als sie an die Schule dachte. Sie konnte bis heute nicht begreifen, warum der Lehrer es ausgerechnet auf Franz abgesehen hatte. Er schlug ihn häufig. Ohne Grund, wie sein Cousin, der in der gleichen Klasse war, erzählte.

Wenn der Lehrer prügelte, schaute Franz ihn nur an. Je geduldiger er die Schläge und Kränkungen hinnahm, desto heftiger hatte der Lehrer geprügelt. Er hatte gebrüllt: „Du bist verstockt, hinterhältig. Das werde ich Dir noch austreiben!“

Als sie es nicht mehr mit ansehen und ertragen konnte, war sie zur Schule gegangen. Dort bekam sie einen „guten Ratschlag“: „Wenn er noch einmal blutig geschlagen nach Hause kommt, geben sie ihm die gleiche Portion, dann hatte er es nämlich verdient.“

Sie fühlte, wie der ohnmächtige Zorn und Hass, den sie damals empfunden hatte, nach all den Jahren ungeschmälert wieder in ihr aufstieg.

Sie hatte dann den Jungen schweren Herzens zu einem Verwandten gegeben. Dort beendete er seine Schulzeit in Frieden und ohne Probleme.

Er war zu klein gewachsen, um in der Fabrik schon Geld zu verdienen. Sie waren froh gewesen, als der Dachdeckermeister ihn zunächst gegen ein kleines Taschengeld bei sich hatte arbeiten lassen. Später wollte man weiter sehen.

„Ein einziges Stück Schiene, ringsum nur Sandboden“, hatte der Mann gestammelt.

Franz und Anna in einem Jahr und der Hunger. Ihre trockenen Augen brannten. Sie legte auch dieses Bild zurück, verschnürte den Karton und schob ihn wieder in die dunkelste Ecke des Schrankes.

Im Schlafzimmer

„Mama, lass mich mal …“ Mariechen flüsterte der Mutter etwas zu. Die war gerade dabei, Wasser in eine große Blechschüssel laufen zu lassen.

Sie drehte das Wasser ab, nahm aus dem Regal unter dem Spülbecken eine abgestoßene Emailleschüssel, ließ sie halbvoll laufen und gab sie ihrer Tochter.

„Lappen?“ fragte sie kurz. Mariechen nickte. Die Mutter riss Streifen von einem verschlissenen Betttuch.

„Danke, Mama.“

„Warte.“ Die Mutter nahm einen Kessel vom Herd und goss heißes Wasser zu dem kalten in der Schüssel. Mariechen verschwand im Schlafzimmer. Jettchen folgte neugierig.

„Was ist los?“

„Hab‘ plötzlich meine Tage gekriegt und klebe. Ich muss mich unbedingt abwaschen.“

Sie zog den blutverschmierten Schlüpfer aus und hockte sich über die Schüssel. „Kann man sich nicht einmal unten herum waschen, ohne …“

„Ich dreh‘ mich um“, versicherte Jettchen beflissen. Ihre Neugier überwog ihren Hang zum Eingeschnapptsein.

„Du wolltest mir mal im Schlafzimmer was über Hugo und seine Familie …“

Mariechen seufzte. Ihre Periode war stets eine Qual mit Rückenschmerzen und Krämpfen bis zum Brechreiz. Die Probleme während ihrer Periode stießen bei der Familie des Ruhrorter Reeders, ihres Arbeitgebers, verständlicherweise nicht auf allzu großes Verständnis. Aber weil sie fleißig, ordentlich und stets ein erfreulicher Anblick war, gestaltete sich das Arbeitsklima recht erträglich, zumal die Hausfrau selbst kräftig Hand anlegte.

„Also …“, drängte Jettchen.

Die Schwester hatte die Stoffstreifen als Waschlappen, zum Abtrocknen und als Binde benutzt. Sie ließ sich erschöpft auf das Plüschsofa fallen.

Das Plüschsofa, ein ovaler Tisch und die schlichte Vitrine, Glasschrank genannt, gaben dem elterlichen Schlafzimmer eine wohnliche Note.

„Also …“, drängte Jettchen.

„Ja, wo soll ich anfangen. Wie kann ich Dir das am besten erklären.“

Sie dachte nach: „Vielleicht hat unser Karl schon mal erwähnt, dass der Hugo öfter keinen Pfennig Sonntagsgeld hat.“

Bei dem Wort „Karl“ senkte Mariechen die Stimme, und beide schauten unwillkürlich zur Tür.

„Aber Hugo arbeitet doch immer, er verdient doch Geld.“

„Das ist ja die Schweinerei. Bei seiner Familie geht alles drunter und drüber. Sein Vater arbeitet, wenn er gerade mal dazu Lust hat.“

„Wovon leben die denn?“ Jettchen staunte: „Und seine Schwestern?“

„Die verdienen mal hier und da ein bisschen, solange das nicht in Arbeit ausartet. Seine Mutter kann nicht mit Geld umgehen. Wenn welches da ist, wirft sie es raus.“

„Was hat das mit grünen Heringen zu tun?“

„Ja meinst Du denn seine Mutter …, – sie tut mir leid, ist ein armes Luder. Nein, frag mich jetzt nicht, warum. Jedenfalls seine Mutter und seine Schwestern würden nicht stundenlang die Heringe entschuppen, ausnehmen, braten – stinkt ja schließlich -, Zwiebeln schneiden und in Essig einlegen.“

„Nein?", fragte die Jüngere ungläubig. „Und was tun die dann den ganzen Tag? – Ich habe seine Schwestern mal gesehen, die sind richtig schick."

„Stimmt, immer gut frisiert, immer feine Seidenstrümpfe und moderne Schuhe, wenn die Kleider auch billige Fähnchen sind." Und nachdenklich bestätigte sie: „Sie haben Schick."

„Was hat das mit Hugos Geld zu tun?"

Geduldig erklärte die Ältere: „Er ist der Älteste und hat immer seinen ganzen Wochenlohn zu Hause abgegeben. Mittwochs war schon kein Pfennig mehr im Haus. Und wenn er sonntags mit unserem Karl Fußball spielen wollte, hatte er, wenn sie auswärts spielten, nicht mal das Fahrgeld für die Straßenbahn. Und die Mannschaft wartete."

Jettchen flüsterte: „Aber er ist doch der beste Spieler, sagte unser Karl immer."

„Ich weiß. Und wenn er dann zu Hause einen Wutanfall bekam, sagten seine Schwestern: ‚unser Männe ist so frech zu Mama'", ergänzte Mariechen.

„Ah, und deswegen ist er von zu Hause weg und hat jetzt dieses Zimmer bei den Müllers."

„Zimmer ist gut. Eine eisige Mansarde, aber er rechnet und spart jeden Pfennig, dass wir heiraten können. Er will ein ordentliches Zuhause, so wie bei uns. Bei seiner Familie durfte er schon lange nicht mehr sagen: ‚Bei Königs läuft es so und so.' Dann wurden die wütend: ‚Ja, ja, bei Königs ist alles besser.'"

Davon war Jettchen sowieso überzeugt.

Es kam selten vor, dass sich die Familienmitglieder so ungestört miteinander unterhalten konnten.

Aus der Küche hörte man Tellerklappern. „Mama spült schon." Schuldbewusst verschwand Jettchen. Maria versuchte leise stöhnend den schmerzenden Rücken zu dehnen. Sie genoss das Alleinsein und das Nachlassen der Bauchkrämpfe.

„Ein Schlafzimmer mit zwei bequemen Betten, ein eigenes Bett, keiner zieht nachts das Oberbett weg, kein Geruch von fremdem Periodenblut, moderne niedrige Nachtschränkchen mit Glasplatten, eine Frisierkommode mit dreiteiligem Spiegel, ein dreitüriger – nein, viertüriger Kleiderschrank. Alles in heller Eiche mit dunkleren polierten Türen", träumte sie vor sich hin.

„Hugo sagt, das werden wir schaffen, in den nächsten Jahren", sprach sie laut.

Sie konnte nicht wissen, dass dieser Traum einmal für wenige Jahre Wahrheit sein würde, bis englische Fliegerbomben ihn 1943 zerstörten.

Ihr Blick glitt über das Bett der Eltern, die gestrichene, ein wenig abgegriffene Kommode, den tiefen dunklen Kleiderschrank, die darauf aufgetürmten Koffer und Schachteln, die bescheidenen ‚guten' Gläser und Tassen in der Vitrine.

„Mama müsste mal wieder den Fußboden streichen."

Verglichen mit der Einrichtung der wohlhabenden Familie, bei der sie arbeitete, war das, was sie sah, recht armselig.

Deren Tochter hatte zur Konfirmation neue Möbel bekommen. Es war ein sogenanntes Stilzimmer aus poliertem Mahagoniholz, Bett, Schreibtisch, Frisiertoilette, Kommode und Kleiderschrank.

„Und die seidenen Decken, Vorhänge und Lampen sind dazu passend vom feinsten Einrichtungshaus in Duisburg geliefert, alles in fliederfarben", hatte sie fast atemlos zu Hause berichtet.

Aber sonderbar hellsichtig wusste sie plötzlich, dass dieses bescheidene Zimmer ihr bis ans Ende ihrer Tage lebhafter im Gedächtnis bliebe als alle anderen Räume, die sie jemals bewohnen würde.

Der Auswanderer

„Ist Mama krank? Sie ist so anders."

Gretchen sah die jüngere Schwester fragend an, als die Mutter aus dem Zimmer gegangen war.

Jettchen schüttelte den Kopf und legte zum Schweigen auffordernd den Zeigefinger über die Lippen.

„Psst, später." Die Mutter kam wieder herein. Es entsprach so gar nicht Gretchens Naturell, Fragen unbeantwortet im Raum stehen zu lassen, Unausgesprochenes hinzunehmen.

Aber wenn Jettchen nicht, wie es ihre Art war, losplapperte, musste es sich um etwas Besonderes handeln.

Die Mutter zeigte selten Stimmungen.

„Für sowas habe ich keine Zeit", pflegte sie auf entsprechende Fragen zu antworten.

Aber jetzt war es ganz deutlich, dass etwas an ihr nagte.

„Der Flur muss geputzt werden."

„Aber Mama, deswegen bin ich doch gekommen", Gretchen wollte ihr den Putzeimer abnehmen. Aber die Mutter schob sie energisch zur Seite.

„Mach ich schon", und bevor die Töchter ihr helfen konnten, hatte sie schon den schweren Eimer aus dem Becken gewuchtet und war zur Tür hinaus.

„Was ist hier eigentlich los?", Gretchen konnte nicht länger an sich halten.

„Karl ist weg", platzte Jettchen heraus.

„Was soll das heißen, Karl ist weg?"

„Er ist ausgezogen, Knall auf Fall."

„Unser Karl? Aber warum und wieso denn so plötzlich? Hat er vorher keinem gesagt, dass er das vorhat?"

„Keinem, nicht einmal Hugo. Du kennst doch unsern Karl. Der war doch immer ein Heimlichtuer, anders als alle anderen."

„Stimmt, aber wo lebt er jetzt?"

„Er hat sich die billigste Dachkammer gemietet. Hat gesagt, er wolle kein Kostgeld mehr abgeben. Wolle über sein Geld selbst verfügen."

„Aber Mama hat doch nie zuviel Kostgeld verlangt, und er ist von vorne bis hinten bedient worden: Schuhe geputzt, Wäsche gewaschen, Arbeitsanzüge geflickt, Oberhemden und Hosen gebügelt, gedeckter Tisch, und so weiter", zählte Gretchen auf.

„Ich glaube, er denkt, wenn er sich alleine versorgt, kann er sparen und außerdem", Jettchen zögerte, „bezahlen ja nur die Jungens Kostgeld."

„Wovon sollten die Mädchen denn Kostgeld bezahlen, mit zwanzig Mark im Monat und davon alles Private bestreiten und für die Aussteuer sparen. Dabei arbeitet Käthe schon seit sie vierzehn, ist außer Haus, kommt nur alle zwei Wochen mal ein paar Stunden nach Hause. Ich bin verheiratet. Du gehst jetzt auch ganz aus dem Haus, wenn Du bei Dr. Herrmann anfängst. Und Du hast, seit Du aus der Schule bist, hier mitgeholfen, die Männer bedient, hinter ihnen hergeräumt und als Kindermädchen noch Dein Taschengeld verdient", empörte sich Gretchen.

„Ich weiß es auch nicht genau, aber etwas muss er sich doch ausrechnen, etwas muss er doch bezwecken. Nur sprechen ..."

„Ja, ja, sprechen tut er nicht. Er war immer anders als wir alle. Wenn man ihn etwas fragt, zieht er die Schultern hoch und dreht sich um. Er ist stur und ziemlich dumm."

„Und man kommt nicht an ihn heran."

Gretchen stockte, die Mutter kam herein. Die Schwestern versuchten, ein unverfängliches Gespräch zu führen.

Karl ließ sich nicht mehr zu Hause sehen, obwohl er nur wenige hundert Meter weiter eine Bleibe gefunden hatte.

Lisa schwieg, und Vater Karl schüttelte bekümmert und verständnislos den Kopf, sprach das Thema aber nicht an. Er sah, wie Lisa schweigend litt. Auch die Geschwister vermieden in der Gegenwart der Mutter tunlichst, Karls Namen zu erwähnen.

Nach einem knappen Jahr erklärte Karl den Eltern, dass er seine Papiere beisammen habe, und dass sein Schiff nach Kanada in zwei Wochen ausliefe.

Bestürzung, Vorwürfe, bohrende Fragen, offene Besorgnis, nichts konnte ihn zu einer Erklärung oder irgendeiner Reaktion veranlassen. Alles schien, ohne ihn zu beeindrucken, an ihm abzuprallen.

„Es war, als ob Du gegen eine Wand sprichst“, berichtete Jettchen später den Geschwistern.

„Und wie hat Mama denn am Ende reagiert?“ wollten sie wissen.

„Sie hat die Zähne zusammengebissen und prophezeite ihm, er würde untergehen. Stellt Euch vor, sie wünschte es ihm sogar!“ Jettchen war noch immer verstört.

„Ich habe gehört, dass Mama so reagiert hat! Ich kann es noch immer nicht glauben.“

Lisa hielt den Karton mit den Familienfotos auf dem Schoss. Sie nahm Foto für Foto heraus und legte sie zur Seite. Bei Annas Bild verweilte sie. Die schöne gescheite, ach so eigenwillige Tochter! Die Lungenpest, der Hunger, der frühe Tod. Seufzend legte sie das Foto zu den abgelegten.

Sie hielt wieder inne. Franz, der stille fügsame Franz. Wie klein er noch mit vierzehn Jahren war. Er wäre sicher noch gewachsen. Kinderarbeit, ein Stück Eisenbahngleis. Man hatte ihm den Genickbruch nicht angesehen, als sie ihn brachten. Auch dieses Bild legte sie zu den anderen.

Dann fand sie, was sie suchte: Karl. Fotos von Karl. Sie sortierte sie dem Alter nach. Es waren fünfzehn. Mehr als von ihren anderen Kindern. „Es sind", überlegte sie, „so viele wegen der Fußballbilder." Karl war nicht nur größer als seine Geschwister, er war als einziger blondgelockt, wie Vater Karl.

Als Kind hatte er wie ein Engel ausgesehen, und seine Lehrerin hatte ihn stets trotz seiner mäßigen Leistungen und Gleichgültigkeit allem und jedem gegenüber bevorzugt.

„Sie ist vernarrt in ihn", hatte Lisa den Eindruck gehabt.

Eines Tages hatte Lisa den Zwölfjährigen gefragt, warum er sich so beharrlich im nachbarlichen Hinterhof aufhalte. „Der alte Krämer hat da ein Flugzeug im Schuppen."

„Ein Flugzeug? So etwas zum Spielen?"

„Nein, ein richtig großes."

„Karl, das kann ja nicht sein. Das ist doch nur ein kleiner Schuppen."

„Er hat es aber gesagt und ich habe es gesehen."

Peter, der Älteste, war hinzugekommen: „Was redest Du für einen Blödsinn. Und was willst Du denn da gesehen haben? Du hast gar nichts gesehen. Basta."

„Habe ich aber doch. Er lässt mich immer durch ein Loch gucken, und dann sehe ich es."

„Ich werde verrückt. Mama, Du musst etwas tun. Der alte Mann macht sich lustig über den kleinen Idioten. Das kannst Du nicht zulassen." Peter fuchtelte erregt mit den Armen.

„Pass auf", schrie er Karl an. „Pass auf." Und er zeichnete die ungefähre Größe des Schuppens auf den Küchenboden.

„Siehst Du das?" Er zog den jüngeren Bruder in den Umriss. „Und in so wenig Platz soll ein Flugzeug? Ein Spielzeug vielleicht!"

„Ein großes mit Leuten drin", erklärte Karl unbeirrt.

„Und das hast Du gesehen?", schrie Peter genervt.

Karl nickte.

„Und wie und wo hast Du das gesehen?" Peters Stimme überschlug sich.

„Im Schuppen ganz genau. Der alte Krämer lässt mich immer durch ein Loch gucken. Da ist es drin."

„Ich muss hier raus, das halte ich nicht aus. Ich bring ihn sonst um und den alten Krämer auch!"

Peter knallte die Tür.

Die Eltern und die anderen Geschwister hatten mit Geduld, Beweisen und Argumenten versucht, Karl von seiner unsinnigen Überzeugung abzubringen. Seine stereotype Behauptung blieb sich gleich: „Es ist da drin. Ich habe es durch ein Loch in der Wand gesehen."

Von einem Tag auf den anderen blieb er dem Schuppen fern und verlor kein Wort mehr über das Flugzeug. Nicht dass er sich eines Besseren hätte belehren lassen. Es hatte ihn nicht mehr interessiert.

Ein Foto. Karl und der Stier. Er konnte wahrhaftig spielend mit dem Koloss umgehen.

Lisa war bei dem Besuch auf dem niederrheinischen Bauernhof in Straelen beeindruckt gewesen.

Die Lungenschwäche und die Hungerjahre hatte er gut überstanden. Die Landluft, gutes Essen und körperliche Arbeit hatten einen muskulösen jungen Mann aus ihm gemacht. Er liebte die Landarbeit, und der Bauer war sehr zufrieden mit ihm.

„Aber jetzt gibt es Zeit", fand die Mutter damals. Karl könne unmöglich sein Leben als armer Knecht verbringen, ohne festes Einkommen, ohne geregelte Arbeitszeit, ohne Krankenversicherung. Er habe dort schließlich nur die Aussicht, als Knecht ein karges Leben in Abhängigkeit zu verbringen.

Er hatte zwar keinen Beruf erlernt. Wer hatte das schon? Aber ein Fabrikarbeiter war immer noch in einer besseren Situation als ein armer Knecht auf einem Bauernhof.

Es gab also Zeit.

Und Lisa holte ihn nach Hause. Karl war nicht glücklich darüber gewesen.

Lisa sortierte die Fußballbilder. Da war Karl, gutgewachsen, entspannt lachend.

„Er war immer ein Eigenbrötler", dachte sie.

„Nur beim Fußball hatte er Kontakte, da lebte er auf. Und da war Hugo, natürlich Hugo!"

An den hatte er sich angeschlossen. Er hatte ihn mit nach Hause gebracht. Hugo war, wenn sie es sich überlegte, der einzige auf den Karl gehört hatte. Wenn Karl sich verrannt hatte, hielt er selbst gegen besseres Wissen an seinem Standpunkt und an unsinnigen Entschlüssen fest. Hugos Argumenten gegenüber war er stets einsichtig gewesen.

Lisa seufzte: „Ja, wenn Hugo mit nach Kanada gegangen wäre, wie sie es mal zusammen vorhatten. Aber dann lernte er unser' Mariechen kennen und sah auch beruflich bessere Möglichkeiten."

Und verbittert setzte sie laut hinzu: „Aber allein geht er unter. Ich weiß ganz genau, allein geht er unter.“

Nach Jahren kam ein nichtssagender kurzer Brief aus Vancouver, dem ein Foto beigelegt war. Es zeigte einen schlanken Mann in einer anonymen Großstadtstraße. Es war offensichtlich heiß. Karl trug eine leichte Hose und ein ärmelloses Hemd, das Lisa stark an ein Unterhemd erinnerte. Sein lockiges blondes Haar war kurz geschnitten. Er war einer unter vielen unbeteiligten Passanten.

Gretchen betrachtete das Foto. „Unser Karl sieht gut aus, wie immer, aber …, ich weiß selbst nicht …“, die sonst nie um Worte verlegene Schwester suchte nun nach den passenden Worten.

Mariechen grübelte: „Auf dem Foto wirkt er, als ob er gar nicht anwesend wäre. Ich weiß auch nicht so recht.“

„Er sieht verloren aus“, die Mutter wandte sich ab.

„Aber er lebt, und das ist das Wichtigste“, stellte Vater Karl fest.

Nach Kriegsende gelangte ein Brief über das Rote Kreuz bis ins hessische Dorf. Karl wollte wissen, ob und wie die Familie den Krieg überlebt habe.

Einige Fotos zeigten Karl vor einem hölzernen Farmhaus und auf einer großen Mähmaschine. Hugo fragte den alten Freund in einem Brief nach seinen Erlebnissen im fernen Kanada.

„Ich könnte einen Roman schreiben“, war die Antwort. Mehr erfuhr die Familie nicht. Als die Familie 1946 wieder in Duisburg war, schickte Karl zwei Care-Pakete. Lisa verteilte die Gaben: Schokolade, Konserven, Kleidungsstücke.

Mit rotgeweinten Augen kam Ingrid, Mariechens und Hugos jüngere Tochter, aus der Schule. Wütend warf sie die Schultasche auf den Boden.

„Sie hat den roten Mantel angehabt, und sie hat mich angegrinst und mit den anderen getuschelt. Und alle haben zu mir rübergeschaut!“ Ingrid schluchzte hemmungslos.

Ihre Mutter wollte sie in den Arm nehmen, aber Ingrid stieß sie wütend zur Seite. „Und Du bist schuld, Du hast nichts gesagt, als Vater mir den Mantel weggenommen hat. Der schöne rote Mantel mit schwarzem Pelz! Und er stand mir so gut, und Onkel Karl aus Kanada hat ihn für mich geschickt“, sie stampfte mit dem Fuß auf, „für mich, nicht für die blöde Tochter von unserem Bäcker!“

„Du weißt genau, wie viel Brot wir für den Mantel bekommen haben. Drei Wochen hatten wir genug und konnten unsere Brotmarken aufsparen“, versuchte die Mutter ihre Tochter zur Einsicht zu bringen.

Obwohl Ingrid mit ihren acht Jahren sehr wohl wusste, dass die Eltern vernünftig gehandelt hatten, hielt sie sich die Ohren zu.

„Der schöne Mantel, und die blöde Kuh hat ihn jetzt!“, jammerte sie untröstlich.

Trotz eleganter Kleider und schöner Schmuckstücke, die die Zukunft für sie bereithalten sollte, gelang es ihr nie ganz, dem Vater zu verzeihen. Der Kummer war zu tief gewesen.

Dann kamen die Briefe an Karl aus Kanada zurück. Der Adressat war unbekannt. Die Familie bemühte sich um Auskünfte. Vergeblich. Karls Spur verlor sich für immer. Er war zu der Zeit dreiundvierzig Jahre alt.

Plisseeröckchen

Saar 1938

Jettchen schlug eifrig Eigelb und Öl zur Mayonnaise für den Kartoffelsalat.

„Unser Peter und Minchen sind noch immer nicht da“, und ängstlich, wie sie in Kleinigkeiten war, fügte sie hinzu: „Da wird doch wohl alles in Ordnung sein?“

„Was soll schon sein? Minchen hat mal wieder zu lange an der Nähmaschine gesessen, musste sicher noch eine versprochene Näharbeit fertig machen“, spottete Gretchen.

„Es ist doch immer das Gleiche. Wenigstens zu Mamas 62. Geburtstag sollten sie mal zeitig da sein.“

„Sie sollte vielleicht etwas weniger nähen. Unser Peter will das ja auch gar nicht. Aber sie näht eben gern und sie nimmt viel zu wenig Geld dafür. Und sie denkt nicht nur an ihre Familie“, brach Mariechen eine Lanze für die Schwägerin.

„Sie fragt, sobald sie preiswerten, schönen Stoff ergattert hat, ob sie auch ein Kleid für unsere Tochter daraus nähen soll. Und dann zögert sie noch, Geld für ihre Arbeit zu nehmen. Sie wollte schließlich drei Mark haben. Hugo hat ihr sechs regelrecht aufdrängen müssen.

‚So geht das nicht, Du kannst doch nicht umsonst an der Maschine sitzen‘, hat er ihr zugeredet!“ Und nicht ohne Stolz fügte sie hinzu: „So arm sind wir auch nicht, seit Hugo Beamter ist.“

„Aber was hat sie davon, zehn Stunden am Tag nähen, nähen, nähen. Schön, Peter ist angezogen wie ein Graf. Maßanzug, feinste Hemden und Krawatten. Das Kind ist wie eine Prinzessin gekleidet. Feine Wolle, Pelzchen und so weiter. Aber eine Mutter hat Mathilde nicht. Die sitzt bis in die Nacht an der Nähmaschine. Ist nervös, weil sie immer unter Zeitdruck steht. Das Kind kann nicht einmal mit Fragen zu ihr kommen. Und die Hausarbeit …“

„Die macht doch ihre Schwester Ilse für sie, kochen, putzen und so weiter“, wandte Jettchen ein.

Mariechen erinnerte sich: „Minchen hat mich ganz ungläubig gefragt, ob Mathilde mit unserer Tochter Ellen tatsächlich eine Kissenschlacht gemacht habe, als sie bei uns einmal schlafen durfte. Ob ich das wirklich erlaubt hätte.“

„Das Kind kommt zu kurz, das sage ich ja. Sie ist so lebhaft, aber das wird alles unterdrückt. Unser Peter konnte nie etwas von Kindern vertragen, das wissen wir Geschwister am besten.“

„Er hatte es nicht leicht als Ältester von so vielen Geschwistern“, schaltete sich Mutter Lisa, die das Gespräch ihrer Töchter schweigend verfolgt hatte, ein. Unbeirrt fuhr Gretchen fort: „Aber wozu das alles, das ist doch kein Leben?“

„Ich glaube“, überlegte Mariechen, „das ist für sie der einzige Weg gewesen, aus dem Arbeitermilieu ein wenig herauszukommen, einen Beruf zu haben, auch wenn sie ihn nicht gelernt hat.“

„Peter ist Arbeiter!“

„Aber sie sehen nicht so aus. Sie sind elegant angezogen. Sie haben etwas mehr Geld. Sie geht schließlich nicht putzen, um zusätzlich zu Peters Arbeiterlohn Geld zu verdienen. Sie hat neben ihrer Familie, die sie eigentlich immer ausgenutzt hat, wie Peter sagt, eine Kundschaft. Eine Kundschaft, die Minchen respektiert und auch ein bisschen hofiert.“

„Und sie näht eben gern“, schloss Jettchen sich an.

Gretchen schien zu einer Entgegnung anzusetzen, da öffnete sich die Tür. Wütend stapfte Peter herein: „Wir wären schon früher hier gewesen, aber …“ ein vernichtender Blick streifte seine Tochter, „unterwegs musste sie unbedingt, als ob sie nicht bis hier einhalten könnte …“

„Wenn das Kind doch muss“, empörte sich Gretchen.

Peter gestikulierte: „Und dann musste Minchen erst mal eine Ecke suchen, und dann ...“

Alles wartete gespannt.

„Und dann, der neue teure Plisseerock, von unten vollgespritzt!“

Atemlose Stille. Angehaltener Atem.

„Man merkt, dass er früher mal im Theaterverein war“, Gretchen flüsterte es laut genug, dass alle es hören konnten. Bevor eine Lachsalve losbrechen konnte, sahen sie Minchens betretene Miene und die schreckhaft aufgerissenen veilchenblauen Augen des Kindes, eines Kindes im weißwollenen Plisseeröckchen, hellblauen feinen Wollmantel mit weißem Pelzbesatz, Fellmuff und weißem Filzhut. Wie einer Modezeitung entstiegen! Bis auf den mit Pipi bespritzten Plisseerock!

„Er ärgert sich nur, weil ich damit soviel Arbeit hatte“, Minchen versuchte zu vermitteln, „und weil ...“

Jettchen sprang hilfreich ein: „Ist ja auch schade, aber doch nicht so schlimm, bring das Röckchen eben in die Reinigung.“

„Ist wirklich nicht so schlimm, Mathilde“, tröstete jetzt auch Mariechen das verschreckte Kind und nahm es bei der Hand. Sie schälte Mathilde aus dem Mäntelchen und nahm ihr Hut und Muff ab.

„Danke, Tante Ria“, die Kleine taute langsam auf.

„Er regt sich schnell auf, aber er meint es nicht so. Mit mir ist er immer geduldig und alles, was ich möchte, tut er, das wisst ihr ja“, versuchte Minchen die Stimmung zu Gunsten ihres Mannes zu wenden.

„Ja, ja. Wir kennen unseren Peter, ...“

Ein mahnender Blick der Mutter hielt Gretchen davon ab, ins Detail zu gehen.

Die Schwäger hatten nicht ohne Interesse und geheime Belustigung Anteil genommen, überließen aber ihren Frauen die Arena.

Bruder Kasper konnte es sich jedoch nicht verkneifen zu murmeln: „So'n Gedöns für ein Plisseeröckchen."

Seine Frau Maria hatte ihm einen bittenden Blick zugeworfen. Sie war bei allen beliebt und hielt sich strikt aus Familienkonflikten heraus. Sie konnte jedoch nicht verhindern, dass Kasper brummte: „Plisseeröckchen, was ist das überhaupt, Plisseeröckchen?"

„Lisa, wie viel Zeit haben wir noch bis zum Abendessen?", wollte Karl wissen.

„In einer drei viertel Stunde essen wir."

Begeistert droschen Vater Karl, die Schwiegersöhne Hugo und Erich und Sohn Kasper einen klassischen Skat, beschimpften sich, lobten und lachten. Schwager Peter Kuhn und Bruder Peter König sahen mehr oder weniger interessiert zu.

„Die machen einen Lärm wie ein ganzer Kindergarten."

„Schlimmer, schlimmer", fanden die Frauen und lachten.

„Was meinst Du, Hugo, trinken wir noch ein Glas Bier?", fragte Erich auf dem gemeinsamen Heimweg zur Straßenbahnhaltestelle.

„Gute Idee", fand der. Und unter schwachem Protest der Ehefrauen landete die kleine Gesellschaft in der Eckkneipe.

„Ich habe ja nichts gegen ein Glas Bier", flüsterte Jettchen der Schwester zu, „aber Erich kann nichts vertragen, und wenn er etwas getrunken hat, singt er aus Leibeskräften, und nicht einmal ich kann ihn dann bremsen."

„Hugo singt auch gern. Verschiedene Gesangvereine sind hinter ihm her. Gute Tenöre sind so selten." Auch Mariechen war ein wenig besorgt.

„Hugo, worauf trinken wir?"

„Auf Schwiegermutters Geburtstag, hoch soll sie leben!“

Und schon schmetterte Erich los: „Hoch soll sie leben, hoch soll sie leben, drei mal hoch!“

Und Hugos Tenor fiel ein: „Sie lebe hoch, sie lebe hoch, drei mal hoch!“

Und sie wiederholten den Hochgesang voller Inbrust. Die beiden Schwestern sahen sich unauffällig um. Aber die anderen Gäste schienen sich nicht gestört zu fühlen.

„Wirt, noch zwei Bier.“

„Worauf trinken wir jetzt?“

„Plisseeröckchen, auf Plisseeröckchen“, schlug Hugo lachend vor.

„Plisseeröckchen, Prost Plisseeröckchen!“ jubelte Erich.

„Prost!“

Dem sanften Drängen der Frauen gaben sie schließlich nach. Sie zahlten und gingen.

Als sich die Tür hinter ihnen geschlossen hatte, stieß ein Gast, der sich etwas mühsam an der Theke festhielt, einen anderen an: „Hast Du verstanden, auf was die zuletzt angestoßen haben?“

Der andere, auch nicht mehr ganz nüchtern, versuchte sich zu konzentrieren: „Verstanden schon, aber ich glaub‘ es nicht.“

„Was hast Du verstanden?“

„Plisseeröckchen.“

„Das habe ich auch verstanden: Plisseeröckchen.“ Grübelnd mit leicht verschwommenen Augen sah er den anderen an.

„Ich glaube, wir sollten jetzt lieber nach Hause gehen.“

Der andere nickte beklommen und sich gegenseitig stützend, verließen sie die Kneipe.

Kopfschüttelnd „Plisseeröckchen“ murmelnd.

Die Holländer

Mutter-Tochter-Gespräch 1890

„Lisa, wer war denn der Mann?"

Die alte Frau schaute der kräftigen Gestalt nach. Lisa strich sich die Schürze glatt.

„Großmutter, das ist doch der Holländer, mit dem Mama manchmal spricht."

„So, so, dann feg' Du mal weiter das Trottoir", damit wandte sich Lisas Großmutter der Haustür zu.

„Was erzählt Deine Tochter da von einem Holländer?", Anna wurde verlegen.

„Wieso weiß ich nichts davon? Also, was ist mit diesem Holländer?", Anna druckste herum.

„Er kommt manchmal vorbei und wir unterhalten uns."

„Und weiter?"

„Nichts weiter."

„Kommt er Deinetwegen vorbei?"

„Ich glaube schon."

„Was heißt das, Du glaubst schon? Also, er kommt Deinetwegen."

„Ach Mama, er ist jünger als ich, und ich weiß nicht ..."

„Ist er ein guter Mann?"

„Ich glaube schon."

„Was arbeitet er?"

„Er ist Pferdefuhrwerker beim Konsum."

Die alte Frau ließ sich ächzend auf einem Stuhl nieder. „Du hast drei Kinder. Du bist seit Jahren Witwe. Du kriegst eine winzige Rente von der Eisenbahn."

„Ich komme schon einigermaßen zurecht", wandte Anna ein.

„Ich weiß, dass Dein Handel mit Stichnadeln und Wolle ein bisschen einbringt. Aber mit den vielen neuen Geschäften kannst Du bald nicht mehr gleichtun."

„Er ist ja erst seit kurzem aus Holland gekommen. Er hat doch auch nichts."

„Und wenn Du ihm ein Hemd am Hintern kaufen musst. Nimm Du ihn, bevor es eine andere tut."

Anna nahm den Holländer. Es war eine gute Entscheidung. Für sie selbst, für ihre Tochter Lisa und für die beiden Söhne aus ihrer ersten Ehe.

Die Prophezeiung

„Van IJzendoorn, Josef van IJzendoorn, ziehe die Klumpen aus und komm' nach vorne." Der große kräftige Junge, den der Lehrer zur Bestrafung vor die Klasse zitierte, schob sich wie unbeteiligt durch die dichten Bankreihen. Er beugte sich vornüber und empfing die ihm zugedachten Stockhiebe ohne einen Schmerzenslaut.

Josef, genannt Jüpp, warf dem Lehrer einen wütenden Blick zu. Dem stieg das Blut zu Kopfe. Er fühlte sich offensichtlich nicht wohl in seiner Haut. Die Klasse saß mucksmäuschenstill, beinahe erwartungsvoll. Jüpp setzte sich betont gleichmütig auf seinen Platz. In der Klasse ließ die Spannung fühlbar nach.

„Ach Lisa", seufzte Mutter Anna. „Was soll nur aus unserem Jüpp werden? Er ist so gutmütig und würde keiner Fliege was zu-

leide tun. Aber der Jähzorn. Ich bin froh, wenn er jetzt entlassen wird. Der Lehrer ist es auch. Ich glaube, der hat regelrecht Angst vor ihm."

„Was sagt denn Großvater dazu?" Lisa nannte ihren Stiefvater genauso wie ihre Kinder 'Großvater'.

„Ach Lisa", seufzte ihre Mutter erneut. „Er ist zu gutmütig, ist nie streng mit seinen Kindern. Er kann es einfach nicht."

Lisa nickte. Bei Anna, ihrer Halbschwester, war Strenge ja auch nie nötig gewesen.

„Aber Jüpp, der brauchte wirklich eine strenge Hand", gab sie ihrer Mutter recht.

„Lisa, rede Du ihm doch mal ins Gewissen. Auf Dich hört er immer."

Lisa liebte ihren ungestümen jungen Halbbruder, versprach sich aber wenig von ihren Vorhaltungen. Sie war der Überzeugung, dass Erziehung beim ersten Lebenstag beginnen muss. Entsprechend hatte sie ihre Kinder erzogen.

„Er ist ein Nachkömmling und ist viel schwieriger, ganz anders als Du und Deine Brüder waren." Die Mutter atmete schwer.

„Er wird ja erwachsen und dann sieht alles ganz anders aus", versuchte Lisa ihre Mutter zu beruhigen, deren mühsames Atmen den Beginn eines ihrer Asthma-Anfälle befürchten ließ.

„Ich rede mal mit ihm. Wird schon was nützen", versprach sie. Die Mutter keuchte. Lisa konnte sie kaum verstehen: „Ein guter lieber Junge. Aber der Jähzorn. Der Jähzorn bringt ihn noch mal um ..."

Es klang wie eine Prophezeiung. Es war eine Prophezeiung, die sich sehr viel später erfüllen sollte.

Ein Familienfoto

1915

Ein etwas verblasstes Foto in ovalem Rahmen zeigt eine Familie: offensichtlich ein Elternpaar, zwei Töchter und drei Söhne. Einige der im Bild festgehaltenen Familienmitglieder könnten unterschiedlicher nicht sein. Die zwei dunkelhaarigen schlanken Männer mit feingezeichneten Gesichtern wirken ein wenig fremdländisch.

Sie scheinen zu der zierlichen Frau mit den schwarzen Haaren und den hohen Backenknochen zu gehören. Lisa und ihre Brüder. Sie haben keinerlei Ähnlichkeit mit ihrer behäbigen Mutter. Lisa und ihre Brüder gleichen ihrem frühverstorbenen Vater, Philipp Stoffel, der von Weinbauern aus dem Hunsrück stammte.

Die andere etwas rundliche junge Frau ist Anna, Lisas Halbschwester. Sie ist viel jünger als Lisa und gleicht sehr ihrem Vater, dem ‚Holländer'.

Der kräftige junge Mann in Uniform, Jüpp van IJzendoorn, dominiert selbstbewusst die hintere Bildmitte. Eine dekorative ‚Schützenkordel' weist ihn als erfolgreichen Schützen aus.

Im Zentrum des Bildes thronen Mutter Anna und Vater van IJzendoorn. Der Vater hatte sich das Foto mit seinen Kindern und Stiefkindern gewünscht.

Die Momentaufnahme erweckt den Eindruck, dass sich gut, beinahe elegant gekleidete Familienmitglieder in gesicherten Verhältnissen zu einem Fototermin getroffen haben. Die Momentaufnahme täuscht.

Lisa hatte vor wenigen Wochen mit sechsunddreißig Jahren in sehr beengten Verhältnissen ihr elftes Kind geboren.

Ihr Bruder Franz versuchte sich als ungelernter Flickschneider mit einer überforderten Frau und etlichen tuberkulosekranken Kindern über Wasser zu halten. Der andere, hochgradig tuberkulosekranke Bruder starb bald nach der Fotoaufnahme. Nur Lisa sollte ein hohes Alter erreichen.

Die ‚holländischen' Kinder, Anna und Jüpp, kamen zunächst recht ungeschoren durchs Leben.

Frieden – Krieg – Frieden - Krieg

Frieden 1913

„Mama, heute bringe ich ein Mädchen mit nach Hause."

„Na, Jüpp, da bin ich aber gespannt. Wo Du jetzt die Dienstzeit hinter Dir hast, könnte es ja mal was Festes sein."

Und Jüpp präsentierte seine Flamme. „Was meinst Du, Mama, wär' das was?"

„Ich weiß nicht so recht, Junge."

„Gefällt sie Dir nicht? Das nächste Mal bringe ich eine andere."

Und so lebte und liebte sich Jüpp durch einige Jahre. Er fand immer Arbeit, blieb selten lange bei einer. Er verstand von allem etwas. Von jedem Handwerk, vom Kochen, vom Metzgern. Er war ein Hans-Dampf-in-allen-Gassen. Sein Jähzorn brachte ihn hin und wieder in unangenehme Situationen. Aber er war ein Mann der Faust, niemals des Messers.

„Er ist ein Alles-und-Nichts-Könner", sagte Lisa über ihren Bruder, dem die Meinung seiner älteren Halbschwester noch immer etwas galt.

Dann brach 1914 der erste Weltkrieg aus, der sowieso jegliche, wie auch immer mögliche Entwicklung unterbrach. Jüpp wurde eingezogen und war bald der Herr der Gulaschkanonen. Und davon verstand er wirklich etwas.

„Lisa, seit Mama tot ist, bin ich ziemlich allein in der großen Wohnung. Papa ist den ganzen Tag unterwegs mit seiner Liese."

Lisa pflichtete Anna bei: „Ja, ja, seit die jungen Männer alle im Feld sind, muss er doppelt soviel arbeiten."

„Ist vielleicht auch gut so. Er vermisst Mama sehr. Sie hat zuletzt doch sehr gelitten unter ihren Asthmaanfällen. Das hat er Gottseidank nicht so mitgekriegt", seufzte Anna.

„Ja, ja. Ein Mann wie ein Baum und weich wie Butter. Was weißt Du eigentlich von Jüpp", wollte Lisa wissen.

„Er ist nicht gerade ein Briefschreiber, und die Feldpost ist auch nicht immer zuverlässig. Aber er ist Kompaniekoch, und die Gulaschkanonen stehen, wie er schreibt, nicht in vorderster Linie", berichtete Anna. Sie setzte von neuem an: „Also, wie ich schon sagte, ich bin den ganzen Tag allein und habe nicht viel zu tun ..." Lisas Gedanken schweiften ab.

Anna führte seit dem Tod der Mutter den Zweipersonenhaushalt. Zweipersonenhaushalt! Das tat sie auf ihre etwas langsame, aber zuverlässige Art. Die gutbürgerliche Wohngegend in Duisburg in Kaiserbergnähe entsprach durchaus ihren Neigungen. Versorgungsprobleme hatte Anna weiß Gott nicht. Schließlich transportierte der Vater mit seiner geliebten Liese, einem Kaltblut, Lebensmittelzuteilungen für Konsumfilialen. Da riss schon mal ein Zucker- oder Mehlsack, und alles, was übrigblieb, war, neben anderem ‚Ausschuss', reichlich für beide.

„... und deswegen dachte ich, dass Mariechen doch sehr gut bei uns leben könnte", drang die Stimme der Schwester in Lisas Bewusstsein.

Lisa überschlug: Ein Esser weniger bei den immer knapper werdenden Lebensmitteln. Große Zimmer in einer feinen Gegend. Platz genug. Viel Zeit, sich um ein Kind zu kümmern. Mehr Zeit als sie für alle Kinder je gehabt hatte. Bei ihrem Haushalt! Anna hatte einen gewissen Sinn für das Feine. Kunststück. Keine Kinder, kein Mann, einzige Tochter, die nie Geld verdienen musste. Nicht, dass sie der Schwester ihr bequemes Leben missgönnt hätte!

Lisa war nicht bitter, nur nüchtern. Und schließlich, Anna litt an einer Krankheit, die Lisa nie gehabt hatte: Anna litt an gebrochenem Herzen.

„Warum Mariechen“, fragte sie Anna und sie hätte sich die Antwort selbst geben können.

„Mariechen hat so was Feines, und man kann sie hübsch anziehen. Und mit Mariechen komme ich sehr gut zurecht. Also, wann bringst Du sie?“

Lisa musste schlucken. Sie sah die Möglichkeiten, die sich für ihre Tochter boten. Sie war sich klar, dass Anna das Angebot niemals für ihre großschnäuzige Grete mit dem proletarischem Charme gemacht haben würde oder für ihr letztes Kind, Jettchen. Jettchen, für die sie besonders wenig Zeit gehabt hatte. Jettchen mit den rachitischen Beinen, Jettchen zappelig, unaufhörlich plappernd, als Jüngste, doch ein wenig verzogen.

Mariechen war hübsch, gut gewachsen, braune Löckchen kräuselten sich um ihre Stirn, die Zopfenden drehten sich zu ‚Schillerlocken‘. Mariechen war anpassungsfähig, ihr fehlte die gewisse Derbheit und direkte Durchsetzungskraft ihrer Schwestern. Sie war geduldig bis zu einem gewissen Grad.

„Sie will mich nicht entlasten, sie braucht ein Spielzeug. Sie hat zu viel Zeit, sie hat Langeweile, und Mariechen passt eben. Mariechen würde sie ablenken. Nein, so doch nicht!“, resümierte Lisa in Gedanken. Laut sagte sie: „Ich muss mit Karl darüber sprechen.“

Anna glaubte nicht einen Augenblick daran, dass ihr Schwager Karl Einfluss nehmen würde. Was Lisa tat, war für ihn immer richtig. Er hatte allen Grund, das zu glauben.

Lisa fragte sich, ob es gut für alle sei, wenn eins ihrer Kinder so sehr vor den anderen herausgehoben würde. Sie wollte die Augen offenhalten und bei unerwünschten Entwicklungen rechtzeitig gegensteuern.

Mariechen braucht dies, Mariechen braucht das. Lisa mahnte Anna, nur das Nötigste für Mariechen zu kaufen. Und Mariechen fühlte sich rundum wohl unter Tante Annas Obhut.

„Tante Anna, machst Du mir vier Schulbrote?"

„Das kannst Du doch gar nicht aufessen!"

„Das Mädchen, das neben mir sitzt, kriegt immer die Hälfte." Und leiser fügte sie hinzu: „Die haben zu Hause fast nichts zu essen. Sie hat immer Hunger."

Die gutmütige Anna packte reichlich ein. Bei Van IJzendoorns war Schmalhaus nicht Küchenmeister. Großvater fuhr schließlich für den Konsum.

Viel später ist Mariechen bewusst geworden, wie ihr schmalgesichtiger Klassenlehrer sich immer abwandte, wenn sie ihr üppiges Schulbrot ausgepackt hatte.

Tante Anna weint. Mariechen horcht ins Dunkel hinein. Tante Anna schluchzt wieder in ihr Kissen.

„Sie weint immer nur nachts", erzählt Mariechen der Mutter, als sie zu Besuch zu Hause ist. Lisa weiß, warum die Schwester weint. Anna ist noch nicht über ihre verlorene Liebe hinweggekommen.

„Sture Männer, sture Katholiken, sture Protestanten, noch sturere Bauern, besonders in der Eifel."

Lisa hat für sich selbst schon lange anderes für wichtig erkannt. „Aber Anna ist weich, sie kann sich nicht durchsetzen. – Musste sie ja auch noch nie. – Hat eben immer ein bequemes Leben gehabt."

Da war der katholische Bauernsohn aus der Eifel gewesen. Er hatte ein bisschen Geld in Duisburgs Hütten verdienen wollen. Als Anna und er sich trafen, war das für beide die große Liebe. Aber die Konfessionen! Anna war evangelisch und ein Eifeler Bauernsohn natürlich katholisch. Seine Familie geriet in Panik und beorderte den Hoferben zurück. Es war ein armseliger Hof, und er war der älteste Sohn. Er kämpfte um Anna und erreichte schließlich, dass seine Mutter sich die ‚Stadtdame' ansähe.

Anna reiste hin. Größer konnte kein Schock sein. Man schien zu erwarten, dass sie sich anpasse. Anpassen an Plumpsklo, Brunnenwasser, Öllampenbeleuchtung, feuchte, kleine, unbeheizte Zimmer und schwere Arbeit von morgens um fünf bis abends um zehn. Ställe misten, Kühe melken, Arbeit auf dem Feld, katholisch werden und beten, beten, beten.

Das wurde von ihr erwartet. Und die zukünftige Schwiegermutter, eine harte Eifeler Bäuerin, tat wohlweislich nichts, um ihr das Leben auch nur in Ansätzen erträglicher erscheinen zu lassen.

Geschockt und verzweifelt war Anna zurück nach Duisburg geflüchtet. Sie hatte ihn angefleht, doch weiter in Duisburg zu arbeiten. Er habe schließlich gutes Geld verdient, und sie könnten in Frieden weit weg von familiärem Druck leben.

Aber er war schließlich dem Druck seiner Familie, der Kirche, der Tradition nicht gewachsen. Er ging endgültig zurück in die Eifel, um so lange als billiger Knecht auf dem Hof zu arbeiten, bis sein Vater stürbe.

„Gott sei Dank, dass Du zurück bist, Anna", hatte Lisa gesagt.

„Was denkst Du, wie Dich die alte Bäuerin schikaniert und Dir vorgeworfen hätte, was Du alles nicht kannst."

„Das hat sie auch. Sie hat höhnisch gelacht: ‚Feine Handarbeiten, nutzlose Zeitverschwendung! Baden und Toilettenseife? Unchristliche, schädliche Angewohnheiten!'

„Alles, was ich gemacht habe, war falsch. Schließlich konnte ich nicht mehr." „Und Dein Verlobter, wie hat der sich verhalten?"

„Es spielt sich schon alles ein“, hat er gesagt. Seine Mutter meine es nicht so, und so weiter.“

„Na, dann sei doppelt froh, dass es aus ist. Auf einen Mann, der Dich so ‚unterstützt‘, kannst Du glatt verzichten.“

„Ich weiß“, Anna zerknüllte ihr nasses Batisttaschentuch. „Ich weiß“, und die Tränen flossen.

Dann kam der Krieg. Der ‚Verlobte‘ wurde Soldat. Anna hörte nichts mehr von ihm. Aber Anna weinte weiter. Nachts, wenn sie allein in ihrem warmen Bett lag, wenn sie glaubte, niemand merkte etwas, ließ sie ihrem Kummer freien Lauf.

Anna öffnet die Wohnungstür. Ihre Schwester Lisa fällt ihr fast in die Arme. „Mein Gott, Lisa, wie siehst Du aus!“ Sie führt die Schwankende zu einem Stuhl. Lisas Gesicht ist grau, die Lippen sind fast weiß. Krampfhaft klammert sie sich an einen Korb. Ein wenig hilflos fragt Anna: „Möchtest Du etwas essen?“

Lisa nickt schwach, dann schüttelt sie den Kopf und zeigt auf den leeren Korb. Allmählich dämmert es Anna. „Wann hast Du denn das letzte Mal etwas gegessen?“ Lisa, schwankend mit geschlossenen Augen: „Weiß ich nicht“, so leise, dass Anna es kaum versteht.

Mariechen starrt mit weitaufgerissenen Augen die Mutter an. Jetzt wird sogar Anna aktiv. Wortlos macht sie der Schwester ein belegtes Brot zurecht, stellt eine Tasse heiße Milch dazu.

„Jetzt iss erst mal.“ Lisa will das Brot in ihrem Korb verschwinden lassen.

„Nichts da“, Anna wird, soweit sie dazu fähig ist, energisch. Lisa isst und trinkt die warme Milch. Ein bisschen Farbe kehrt in ihr Gesicht zurück. Großvater kommt von der Arbeit nach Hause. Und Lisa erzählt, stockend. Seit Tagen haben die Kinder und sie nichts mehr gegessen. Das bisschen, was da war, haben die schwer arbeitenden

Männer bekommen. Sie hat die Kinder nicht zur Schule geschickt. Sie ist zum Rektor zitiert worden. Hunger sei keine Ausrede, um der Schulpflicht, die es, dem Kaiser sei Dank, in Deutschland gebe, nicht nachzukommen. Sie solle sich zusammennehmen und sich ein Beispiel an unseren heldenhaft kämpfenden Soldaten nehmen, die schließlich für Kaiser und Reich ihr Leben ließen!

Der Großvater polterte los: „Verdammter Hungerwinter, verdammter Schwätzer!" Dann befahl er: „Anna, mach die Schränke auf." Folgsam öffnete Anna Schranktüren und Schubladen.

„Sehr viel haben wir nicht", entschuldigte sie sich. „Aber wenn Du vielleicht …".

Lisa seufzt: „Alles, alles was ihr entbehren könnt …" Und so füllte sich der Korb mit allem Essbaren, was im Hause zu finden war. Mehl und Zucker, Haferflocken, Öl, Brot und halbvertrocknete Brotreste, Gries und Rübenkraut. Und wenn Anna zögerte, weil sie glaubte, etwas sei zu alt oder nicht mehr gut, sah Lisa sie flehend an.

Und als Anna etwas für ihren Vater, sich selbst und Mariechen für den folgenden Tag zurückhalten wollte, bestimmte der alte Mann mit Tränen in den Augen: „Alles in den Korb. Ich kriege morgen schon wieder was für uns. Etwas fällt auch jetzt noch immer ab."

Kopfschüttelnd wandte er sich an seine Stieftochter: „Lisa, warum hast Du Dich nicht früher gemeldet? Kommst erst, wenn die Kinder fast verhungert sind."

„Ich kann so schlecht betteln." Jetzt wurde der gutmütige, behäbige Mann regelrecht wütend: „Betteln, betteln, in der Familie gibt es kein betteln." Und wieder ruhiger: „ Versprich mir, dass Du Dich jedes Mal meldest, wenn es knapp wird. Es ist immer was da."

Und der ‚Holländer' hielt sein Versprechen. Er half Lisas Familie über die schlimmste Phase des Hungerwinters hinweg.

Und dann war der erste große Krieg zu Ende. Die meisten Überlebenden kehrten, aller Illusionen beraubt, heim. Auch Jüpp kam zurück. Voller Tatendrang. Er arbeitete hier und da, hatte immer Pläne, die meist gut waren, nur ihre Ausführung war oft weniger gut.

Er nahm die Lösung einiger Familienprobleme in Angriff. Papa brauche dringend eine Frau, befand er. Seine Verlobte Lene hatte ihm gesteckt, dass der alte Herr ihr zu nahe gekommen sei. Einzelheiten mochte sie nicht nennen. Jüpp nahm die Sache in die Hand, und bald war eine stattliche kultivierte Dame gefunden, die dankbar in den gepflegten, gut sortierten Haushalt einheiratete und den Vater bestens versorgte und respektvoll behandelte.

„Ich weiß nicht, wieso diese Frau ausgerechnet Großvater genommen hat“, grübelte Lisa. „Aber sie ist gut zu ihm. Und wie geschmackvoll sie Familienfeste gestaltet! Sie behandelt unsere Kinder, als wäre sie wirklich die Großmutter. Da muss in ihrem Leben etwas so schiefgelaufen sein, dass diese Heirat für sie eine Art Sicherheit bedeutet“, war Lisa überzeugt. Und tüchtig war sie, die neue Großmutter. Sie brauchte morgens nur zwei Stunden, dann hatte sie die Hausarbeit perfekt erledigt. Wenn Anna anfangen wollte, war schon alles getan. Was Anna angreifen wollte, es war bereits erledigt. Anna fühlte sich nutzlos und überflüssig, obwohl von der Stiefmutter nie ein Wort des Tadels kam.

„So geht das nicht weiter, da muss was geschehen“, Jüpp sprach aus, was Anna nur verschwommen fühlte.

„Du musst endlich heiraten.“

„Ja, aber …“

„Nichts ja aber. Lass‘ mich nur machen.“

Anna legte resigniert die Hände in Schoß. Und Jüpp machte. Gleich nach dem Krieg hatte er die lose Verbindung zur holländischen Verwandtschaft wieder aufgenommen. Sein Holländisch war leidlich, und in Kombination mit Duisburger Platt kam er recht gut damit in Holland zurecht.

„Eben Hans-Dampf-in-allen-Gassen“, wie Lisa ihren Halbbruder zu charakterisieren pflegte.

„Da ist ein netter ruhiger Mann. Er ist Gärtner bei einem Sanatorium. Er hat ein nettes Haus, und der Park und die vielen Blumen werden Dir gefallen, Anna; der Henk wäre was für Dich.“

„Aber ich kenne den doch gar nicht, und holländisch kann ich auch kaum, und heiraten will ich auch nicht“, wandte Anna ein.

„Nun hör mir mal gut zu. Um ihn kennenzulernen fahren wir ja hin. Und willst Du hier weiter als überflüssiges fünftes Rad am Wagen herumsitzen, geduldet …“

„Schon gut, Jüpp, ich versuche es.“

„Na also, Du wirst sehen, verheiratet zu sein ist gar nicht so schlecht.“ Jüpp war sich seiner Sache immer sicher.

Er hatte richtig kalkuliert, Henk war von Anna begeistert. Anna war bereit, ihn zu heiraten. Sie verlobten sich. Anna kehrte nach Duisburg zurück, um ihre Angelegenheiten zu ordnen, ihren bescheidenen Besitz zu sortieren und ihre kleine Aussteuer zu sichten.

Da tauchte der ehemalige Verlobte auf. Der Krieg hatte ihm neue Sichtweisen vermittelt. Das jahrelange Kämpfen und das Sterben um ihn herum hatten ihn gelehrt zu unterscheiden, was für ihn nicht mehr wichtig und was für ihn wichtig war. Anna war ihm wichtig. Er hatte sich von seiner Familie losgesagt, wollte wieder Arbeit in Duisburg annehmen und Anna heiraten. Es sei ihm gleich, ob katholisch oder evangelisch.

Als Henk in Holland von der neuen Entwicklung erfuhr, drohte er mit Selbstmord, wenn Anna ihn verließe. Anna heiratete Henk. Sie bekam drei Töchter und einen Sohn. Sie war Zeit ihres Lebens der sanft liebevolle, ruhige Pol in ihrer Familie.

„Der Henk ist ein komischer Kerl, misstrauisch und stur“, knurrte Jüpp manchmal. „Und in so einer Sekte ist er auch.“

„Es hat eben nicht jeder wie Du das Herz auf der Zunge“, gab Lisa zu bedenken. „Und die Anna macht das schon richtig.“

Schnell überzeugt, stimmte Jüpp zu. „Ja, ja, die Anna macht das schon.“ Und die Anna machte.

Anna sprach nur noch holländisch. Sie tat sich schwer, deutsch zu sprechen, wenn ihre deutsche Verwandtschaft zu Besuch war. Erinnerungen an Deutschland und an ihre Heimatstadt Duisburg schien sie nicht zu haben. Holland verließ sie niemals wieder.

Als ein deutscher Neffe während des 2. Weltkriegs kurze Zeit in Holland stationiert war, verbat sie sich dessen Besuch in Uniform. Der Neffe bedauerte: Er habe keine Zivilkleidung in seinem Kasernenspind. Der Besuch unterblieb.

Als freundliche und selten verhalten lächelnde Tante blieb sie ihren deutschen Nichten und Neffen zeitlebens in Erinnerung. Ihrer Halbschwester Lisa, ihrem Bruder Jüpp und ihrer Nichte Mariechen gegenüber geriet ihr Lächeln herzlicher. Anna verlor niemals ihren deutschen Akzent.

Lisa schüttelte den Kopf.

„Dass unser Jüpp ausgerechnet an das eiskalte Luder geraten muss. Er hat so nette Mädchen gehabt! Und nun die!“

„Lisa“, mahnte Karl, „er ist schließlich alt genug.“

„Schlimm genug, dass er noch nicht mehr Verstand hat. Du glaubst doch nicht wirklich, dass Großvater sich damals danebenbenommen und sie angefasst hat?“ Nach einer nachdenklichen Pause: „Aber wenn ich es mir recht überlege ...“

„Was ist dann, wenn Du es Dir recht überlegst?“ Karl legte erwartungsvoll die Pfeife ab.

„Nun ja, ich habe gesehen, wie sie sich auf dem Sofa vor seinen Augen gerekelt hat. Ihr sowieso kurzer Rock war, rein zufällig natürlich, hochgerutscht. Und als sie sah, dass ich sie beobachtete, hat sie mit einem unschuldigen Lachen den Rock wieder heruntergezogen.”

„Großvater ist ja jetzt bei Helene in den besten Händen. Da brauchst Du Dir keine Gedanken mehr zu machen.“

„So unmöglich Jüpp auch oft ist, er hilft, wo er kann. Auch wenn seine Ideen meist etwas ungewöhnlich sind“, stimmte Lisa zu. „Aber trotzdem, diese Lene gibt nichts um ihn. Ihre Schwestern gehen vor. Mit denen ist sie dauernd zusammen. Sie hecken immer Neues aus. Und Jüpp lacht und merkt gar nicht, wie er ausgenutzt wird. Er kocht, macht die sogenannte schwere Hausarbeit und Madam geht mit den Schwestern aus, oder sie liegt auf dem Sofa.“

„Was arbeitet er denn jetzt?“, wollte Karl wissen.

„Er will einen Obst- und Gemüsehandel anfangen.“

„Das kann er bestimmt. Mit Leuten umgehen und handeln liegt ihm sicher.“

„Das schon, ich frag‘ mich nur, wie lange er dabei bleibt. Du weißt doch, was er schon alles angefangen hat. Alles nur für kurze Zeit. Dann hatte er eine neue Idee.“

„Mach‘ Dir mal keine Sorgen, Lisa. Das ist eben Jüpp“, schmunzelte Karl. „Er ist noch immer über die Runden gekommen.“ Einigermaßen beruhigt stimmte Lisa zu.

Und dann war er überraschend da. Geräuschvoll polternd, ein pralles Stück Mannsbild.

„Ich war hier in der Nähe. Musste unbedingt mal nach Euch schauen. Ach Käthe, Du bist hier?“, begrüßte er seine Nichte.

„Hast Du denen die Brocken hingeschmissen?“ Und trotz Käthes Protest fuhr er fort. „Hoffentlich, die haben Dich jahrzehntelang ausgenutzt.“

„Aber Onkel Jüpp“, verteidigte sich Käthe. „Es ist nur, weil ich krank bin. Der Arzt hat gesagt ...“, und schluchzend lief sie aus dem Zimmer.

„Lisa, was ist hier wirklich los?“ Lisa wischte sich über die Augen. Jüpp sah sie betroffen an. Lisa und Tränen? Er legte den Arm um ihre Schulter. Für beide eine ungewöhnliche Geste. Behutsam drängte er: „Komm, Lisa, erzähl mal.“

Lisa holte tief Atem: „Du weißt doch, wie lange Käthe schon bei dem Bäcker arbeitet.“

„Ich denke, so an die zweiundzwanzig Jahre.“ Lisa nickte. „Zweiundzwanzig Jahre Schwerstarbeit in einem großen Handwerkerhaushalt. Jeden Tag fünfzehn Leute am Tisch. Und die Wäsche für die Bäcker musste besonders sorgfältig gewaschen werden.“

„Jede Waschmaschine schlagen und schlagen. Und bügeln und endlos bügeln“, fügte Jüpp hinzu. Er verstand sehr viel von Hausarbeit und von den Abläufen in einem Betrieb.

„Und putzen ohne Ende. Und die Chefin ist sehr genau. Kontrolliert mit einem weißen Taschentuch, ob auch ordentlich Staub gewischt ist. Bei unserer Käthe hatte sie nie etwas auszusetzen, zweiundzwanzig Jahre lang. Wenn Käthe nicht ganz sicher war, ob sie wirklich alles ganz penibel gemacht hatte, stand sie nachts noch auf und kontrollierte ihre eigene Arbeit vom Tag vorher.“

Jüpp schüttelte ungläubig den Kopf: „Dass es so schlimm war, wusste ich nicht. Gretchen wäre so etwas nicht passiert, nicht wahr?“

Lisa stimmte zu: „Kinder sind so verschieden. Ihr habt nur die kleine Agnes. Da kann man nicht vergleichen.“

Lisa redete sich weiter von der Seele: „Und nie ein Eigenleben. Eine kleine kalte Kammer mit noch einem Mädchen zusammen. Die Mädchen wechselten, Käthe blieb."

„War da denn nie ein Mann, der interessiert war?"

„Ach Jüpp, wie denn? Alle zwei Wochen ein freier Nachmittag. Und dann zog es sie nach Hause. Sie hängt so an der Familie. Im Krieg hat sie von ihrem bisschen Geld Feldpostpäckchen für Cousins gepackt. Sie ist so sparsam, gibt lieber Geld für andere aus und spart für eine bescheidene Aussteuer."

Lisa murmelte: „Wozu braucht sie eine Aussteuer, mit ihren siebenunddreißig Jahren?"

Sie verknüllte ihre Schürze: „Sie ist so herunter, dass der Arzt ihr die Arbeit verboten hat. Selbst wenn sie wollte, und sie will, sie kann nicht mehr. Sie muss sich erst einmal bei uns erholen. Was später wird, ich weiß es nicht."

„Aber Du und Karl, ihr habt gerade genug um auszukommen. Eure Rente ist ein Witz."

„Das geht schon. Sie muss erst einmal wieder zu Kräften kommen." Lisa war sich nicht sicher, ob Jüpp ihr noch zuhörte. Er blickte wie abwesend durch seine Schwester hindurch.

„Kleine Aussteuer", murmelte er, „das kann nicht schaden, so ein ordentliches Mädchen, keine Schönheit, aber hässlich ist sie auch nicht."

Lisa horchte auf. Sie kannte ihren Bruder. „Was brütest Du da aus, Jüpp van IJzendoorn?"

„Lass mich nachdenken, Lisa. Ich glaube, ich habe eine Idee … ein paar Jahre jünger, aber das macht nichts. Sehr ordentlicher, fleißiger Junge, evangelisch, macht aber auch nichts, sie ist keine Kirchgängerin, oder?"

„Jüpp, was redest Du da?"

Jüpp hatte seinen Gedankengang abgeschlossen.

„Ich habe entfernte Verwandte in Holland in der Gegend von Tiel. Sehr einfache, aber ordentliche Leute. Da ist ein Sohn, auch ein Peter, ein fleißiger Junge, arbeitet schwer in einem Ziegelsteinwerk. Der hätte gerne eine Frau."

„Und warum hat er keine?"

„Er findet keine."

„Warum?"

„Er ist gut gewachsen, hat blonde Haare, aber, um es kurz zu machen: Er hat eine Hasenscharte und ist furchtbar schüchtern."

„Eine Hasenscharte?"

„Du weißt schon, der Oberkiefer ist gespalten. Damals waren die Ärzte noch nicht so weit wie heute. Du verstehst?"

Lisa verstand.

„Das würde nicht gutgehen. Nicht wegen der Hasenscharte. Aber Du kennst Käthe doch auch. Bei ihr muss alles genau nach Plan, festen Vorschriften und Gesetzen gehen. Genauigkeit, Pünktlichkeit, das tut man nicht und das muss man tun."

„Das genaue Gegenteil von Gretchen", schmunzelte Jüpp, „dann wird eben Käthe den schlappen Holländern zeigen, was deutsche Ordnung ist."

Jüpp schlug sich vor Vergnügen auf die Schenkel. Ernster werdend gab er zu bedenken, dass es an der Zeit wäre, dass Käthe aus solchen Dienstverhältnissen, in denen man ihr Pflichtbewusstsein bis zur totalen Erschöpfung missbraucht hatte, herauskäme.

„Noch ist es Zeit. Noch ist sie nicht total kaputt", Jüpp drückte schonungslos aus, was Lisa wusste. Käthe werde vor die Hunde gehen, ausgenutzt, geschunden. Und die Eltern würden nicht ewig leben.

Ausgerechnet Käthe mit den besten Schulzeugnissen, von ihrer Klassenlehrerin allen nachfolgenden Schwestern als leuchtendes Beispiel vorgehalten! Das genau war aber auch ihr Problem: ihr übersteigertes Pflichtbewusstsein und ihr Bemühen perfekt zu sein, machten das Zusammenleben mit ihr nicht einfach.

„Ich kläre das in Holland, und Du solltest ein paar Takte mit Deiner Tochter reden. Sie ist schließlich nicht dumm und die Aussicht selbstständig alles das zu tun, was sie kann, na, wenn das nichts ist!“ Und erheitert fügte er hinzu: „und nicht mehr kommandiert zu werden, sondern selbst zu kommandieren …“ Begeistert von seiner Idee schlug er Lisa auf die Schulter, dass sie zusammenzuckte. Weg war er.

„Unser Käth‘ ist unmöglich“, war immer die einhellige Meinung der Geschwister gewesen: „Stur und rechthaberisch.“

Lisa wusste, dass das stimmte. So wie es stimmte, dass sie dem Mädchen Käthe ohne Bedenken die Aufsicht über ihre jüngeren Geschwister hatte anvertrauen können. So wie es stimmte, dass Käthe so strikt die Anweisungen der Mutter befolgte, dass die Beaufsichtigten sich über Käthes stereotypes „Mama hat gesagt …“ stets heftig beklagt hatten.

„Sie ist so gewissenhaft“, sagte Lisa laut. Und das klang mehr bedauernd als erfreut. Uns insgeheim seufzte sie: „Man kann ok alles öwerdriewe.“

Jüpp hatte einen kleinen Lieferwagen organisiert. Käthes Habseligkeiten füllten ihn nur halb. Obenauf hatte Jüpp Käthes unansehnlichste Eigentümer drapiert.

Der holländische Zöllner näherte sich dienstlich gewichtig. Jüpp bediente sich seiner holländischen Sprachkenntnisse: „Ein paar Sachen von einem armen späten Mädchen. Heiratet einen ebenso

armen holländischen Jungen. Ja, ja, die jungen Leute haben es heute auch nicht leicht."

Und dann mit einem vertraulichen Augenzwinkern: „Aber geheiratet wird immer." Damit griff er in eine Kiste und hob eine altmodische leinene Unterhose heraus, die statt des auch damals schon üblichen Gummizuges in der Taille an beiden Seiten aufklappbar war. Der Zöllner schmunzelte. Jüpp lachte dröhnend. Die beiden Männer sahen sich verständnisinnig an.

Für Käthes Aussteuer verlangte der holländische Staat in Person eines belustigten Zöllners keinen sonst üblichen Einfuhrzoll.

„Jüpp, wie läuft das Geschäft?" Karl legte die Pfeife ab und sah seinen Schwager erwartungsvoll an.

„Nicht schlecht, nicht schlecht. Ich kaufe günstig auf dem Großmarkt ein. Wir gehen nur auf Wochenmärkte. Ein Ladengeschäft würde nicht lohnen. Gute Lagen kosten zu viel Miete."

„Und Lene, wie gefällt Lene so ein Gemüsehandel?", ungewollt skeptisch geriet Lisa die Frage.

Jüpp lachte: „Sie ist die geborene Geschäftsfrau. Sie schäkert mit den Kunden, sie lacht, erzählt Witzchen und ...", er prustete laut heraus: „sie wiegt ungesehen ihren Daumen auf der Waage mit."

Lisa kniff die Lippen zusammen.

„Ihr müsst uns unbedingt besuchen. Das mit dem alten Fachwerkhaus hat geklappt. Die Stadt nimmt wenig Miete. Irgendwann wird es vielleicht abgerissen, weil es so dicht an der Straße liegt. Aber noch ist es ganz brauchbar. Wir können Hunde halten und Ziegen."

„Ziegen?", fragte Lisa. „Was machst Du mit Ziegen?"

Die Frage schien Jüpp zu erstaunen. „Sie geben Milch und man kann Käse davon machen. Und das Grundstück hinter dem Haus ist sehr groß, fast ein Tal mit einem kleinen Bach", er geriet förmlich ins Schwärmen, „und alte Kastanienbäume und verwilderte Obststräucher und …“

Lisa unterbrach ihn: „Wo ist es denn?“

„Du wirst es nicht glauben, beinahe mitten in der Stadt in Duissern, nicht so weit von den Villenstraßen, die sich zum Kaiserberg hinaufziehen.“

Zweifelnd sah Lisa ihren Bruder an. Jüpp hatte wieder etwas Neues. Für wie lange wohl? Sie konnte wirklich nicht wissen, dass dieses Haus, oder genauer, dieses Grundstück, Jahre später die Endstation seines Lebens bedeutete.

„Komm‘ uns doch mal besuchen. Die Straßenbahnhaltestelle ist praktisch vor der Tür.“

Sie versprach es.

Besuch in Holland 1939

„Mama, wie war es denn in Holland bei Käthe?“

„Warst Du auch bei Tante Anna?“

„Wie geht es denn uns Käth‘?“

Grete, Mariechen und Jettchen fragten aufgeregt durcheinander.

„Solange ihr redet, kann ich nichts erzählen.“

Erwartungsvoll schwiegen die Töchter. „Ja, wo soll ich anfangen?“

„Bei Peter, wie ist der Peter denn so?“

„Gretchen, nun sei doch mal still. Wie soll Mama erzählen, wenn wir sie nicht lassen“, versuchte Mariechen die Schwester zu bremsen.

Die Mutter holte Atem: „Der Peter ist ein netter, ruhiger Junge. Er sieht richtig gut aus, bis auf, na, ihr wießt schon …“

„Bis auf die Hasenscharte“, Gretchen sah keinen Grund um diese Tatsache herumzureden.

„Ja, bis auf die Hasenscharte. Aber die fällt überhaupt nicht mehr auf. Käthe sorgt dafür, dass er besonders gut gekleidet ist. Saubere und gebügelte Arbeitsanzüge, die Sonntagsanzüge von bestem Tuch, Oberhemden gestärkt und gebügelt, feine Krawatten, polierte Schuhe. Ihr glaubt nicht, wie sein Ansehen gestiegen ist. Vorher, als er von seiner Familie ein wenig vernachlässigt worden war, hat keiner gemerkt, was für ein intelligenter Mann er ist. Na ja, er spricht eben nicht sehr deutlich. Aber er hebt sich richtig von den anderen Dorfbewohnern ab", fügte Lisa nachdenklich hinzu.

„Da sieht man es mal wieder: Kleider machen Leute!", platzte Gretchen heraus. Und gefangen in ihrer Erinnerung fuhr die Mutter fort: „Und die Schwiegereltern schätzen sie."

„Kann ich schon verstehen", Mariechen nickte: „Sie sorgt schließlich gut für deren Sohn."

„Sie ist sparsam und ordentlich und fleißig, und sie arbeitet auch noch stundenweise in einer Gärtnerei. Sie wollen sich unbedingt ein kleines Häuschen kaufen mit Garten und Hühnerstall."

„Aber von Garten und Hühnern hat sie ja nun wirklich keine Ahnung", gab Jettchen zu bedenken.

„Stimmt, aber ihr wisst doch, wenn Käthe etwas unbedingt will, dann …", die Mutter verstummte.

„Der arme Peter, der kann einem Leid tun. Sie arbeitet sich zwar kaputt, aber es muss nach den Buchstaben des Gesetzes und nach ihrem Kopf gehen. Wehe wenn …"

„Na, na, Gretchen, so schlimm ist sie nun auch wieder nicht."

„Schlimmer, Mama, schlimmer." Grete ließ sich nicht von ihren Bedenken abbringen. „Jedenfalls habe ich gesehen, dass Peter sehr zufrieden und offensichtlich stolz auf seine tüchtige Frau ist. Er ist jetzt was. Und im Dorf wird sie wirklich respektiert. Es geht ‚Käta hier und Käta da'. Dabei spricht sie immer noch mehr deutsch als holländisch. Nein, genauer gesagt, sie spricht holländisches Laarer Platt. Aber jeder versteht sie. Und um den ‚armen' Peter mache ich mir keine Sorgen. Er hat durchaus seine eigene Meinung und denkt wohl: Wo sie recht hat, hat sie recht", schloss Lisa fürs erste ihren Bericht.

Grete konnte es sich nicht verkneifen ihrerseits abzuschließen: „Wo sie recht hat, hat sie recht. Das Problem ist, sie hat immer recht."

‚Käta' und Peter kauften das bescheidene, immer ein wenig feuchte Häuschen. Käthe pflanzte Gemüse, kümmerte sich um die Hühner und den Haushalt. Peter arbeitete schwer in der Ziegelei. Sie brachten es zu bescheidenem Wohlstand. Mevrouw Käta van Meerten und Mijnheer van Meerten waren in dem soliden Kaufhaus in Tiel zwar seltene, aber hofierte Kunden. Mevrouw und Mijnheer waren kritisch, kauften Qualität und zahlten bar.

Den zweiten Weltkrieg überstanden die Van Meertens verhältnismäßig unbehelligt in ihrem kleinen Dorf. Die deutsche Besatzung war zwar sichtbar, aber offensichtlich nicht sehr fühlbar. Obwohl jeder wusste, dass Käthe aus Deutschland stammte, ihr Akzent war auffallend genug, hatte sie nie unter irgendwelchen Anfeindungen zu leiden. Sie wäre andererseits auch nie auf den Gedanken gekommen, ihre Herkunft zu verleugnen. „Was Recht ist, muss auch Recht bleiben", würde sie im Falle eines Falles gesagt haben.

Der Krieg hatte auch in Holland alte Herrschafts- und Denkstrukturen aufgebrochen. Peter van Meerten wurde nach dem Krieg der Mitbegründer einer Gewerkschaft und kämpfte bis zur Erreichung seines Rentenalters als Betriebsrat in seiner Firma für gerechte Löhne, Krankenversicherung und ausreichende Renten.

Er wurde mit einem königlichen Orden für seinen Einsatz ausgezeichnet. Und Lisa hatte nicht ohne Stolz erklärt: „Ohne uns Käth' hätte er es nicht so weit gebracht, sie hat ihn immer unterstützt."

Nicht einmal Gretchen hatte etwas einzuwenden gehabt. Oder doch? Mariechen hätte schwören mögen, Gretchen habe gemurmelt: „Wo sie recht hat, hat sie recht."

„Lisa, wie schön, dass Du uns einmal besuchst! Komm herein!" Die Schwägerin Lene schien ehrlich erfreut. Aber Lisa konnte sie kaum verstehen. Eine Straßenbahn quietschte und schepperte gerade vorbei, so nahe, dass Lisa glaubte, sie mit ausgestrecktem Arm greifen zu können. Das alte Fachwerkhaus duckte sich unterhalb der Straße, so dass die Bahn in Höhe der Fensteroberlichter vorbei schepperte.

„Lass uns nach hinten gehen", schlug die Schwägerin vor. Und da war es genau wie Jüpp es beschrieben hatte: ein kleines Tal, alte Bäume, ein Wiesengrund, weidende Ziegen, und der Lärm der Großstadt war nur als fast unhörbares Summen zu erahnen.

„Schön habt ihr es hier, wie auf dem Lande", lobte Lisa. Es war alles so friedlich. Nichts schien darauf hinzudeuten, dass im nächsten Jahr, 1939, der zweite große Krieg des Jahrhunderts ausbrechen würde.

„Wie geht der Gemüsehandel?"

„Damit haben wir aufgehört, wusstet ihr das nicht?" Lisa verneinte und verkniff sich die Frage, wie es denn jetzt bei ihnen weiterginge.

Lene lachte: „Jüpp ist jetzt Beamter, natürlich kein richtiger, aber er arbeitet jetzt bei der Stadt."

„Bei der Stadt?", ungläubig fragte Lisa, sich vergewissernd: „Bei der Stadt?"

„Du weißt doch, er kennt Jan und alle Mann. Er bekam einen Tipp, dass da eine Stelle in einem Lager frei geworden war. Genau das Richtige für ihn. Er kann organisieren und mit Leuten umgehen, na, Du kennst ihn ja. Und das Haus gehört ja auch der Stadt. Passt alles ganz prima", fügte sie selbstgefällig hinzu.

Lisa glaubte nicht, was sie da hörte. Ihr Bruder Jüpp in einer festen Anstellung? Arbeit von – bis. Bei der Stadt Duisburg.

Das wird er nicht lange aushalten, war sie fest überzeugt. Sie irrte sich selten, wenn es um Jüpp ging. In diesem Falle irrte sie sich gründlich.

„Ich habe Agnes noch gar nicht gesehen. Sie ist sicher zum Spielen draußen. Hier können Kinder wirklich ohne Gefahr vors Haus …" Lisa verbesserte sich: „hinters Haus."

Lene kniff die Lippen zusammen. „Sie ist in der Küche."

„Dann will ich ihr mal Guten Tag sagen." Widerwillig öffnete Lene die Küchentür. Die kleine blonde Nichte saß am Küchentisch. Mit Tränen in den Augen blickte sie hilfeflehend auf, senkte aber sogleich wieder den Blick angewidert auf den Teller.

Auf Lisas fragenden Blick reagierte die Schwägerin kühl: „Agnes will mal wieder ihren Teller nicht leer essen. Dabei ist Ziegenmilchsuppe so gesund."

„Aber ich mag keine Ziegenmilch", flüsterte das Mädchen. Lisa fürchtete, das Kind würde sich gleich übergeben.

„Ich habe Zeit", erklärte Lene fröhlich, „sie wird so lange hier sitzen, bis der Teller leer ist."

Damit zog sie Lisa aus der Küche, bevor diese ihrem Unverständnis Luft machen konnte. „Das arme Kind", konnte Lisa nur voller Erbitterung denken. Am liebsten hätte sie der ungeliebten Schwägerin ihre ungeschminkte Meinung zu deren Erziehungsmethoden gesagt. Während sie noch mit ihrer inneren Empörung kämpfte, sich zur Ruhe zwang und überlegte, ob sie eingreifen könne, hörte sie die laute Stimme ihres Bruders im Hausflur.

„Lisa, das ist mal eine Überraschung", begrüßte er sie herzlich. Er nickte seiner Frau zu und fragte nach Agnes. „Sie sitzt noch vor ihrem Teller. Sie will wieder nicht aufessen." Jüpp runzelte die Stirn: „Etwa seit heute Mittag?" Lene bejahte.

„Jetzt ist es fünf Uhr. Das langt", entschied Jüpp. Er nahm dem Kind den Teller weg und verschwand damit. Fragend sah Agnes die Mutter an.

„Na, geh' schon raus", erlaubte sie widerwillig. Das Kind floh nach draußen. Zu Lisa gewandt, als müsste sie sich für Jüpp entschuldigen: „Er ist so gutmütig, viel zu gutmütig", flötete sie.

Zu Hause hörte Karl sich die Geschichte kopfschüttelnd an. Lisa ballte in der Erinnerung die Fäuste: „Es war gut, dass Jüpp kam, sonst – ich weiß nicht, was ich getan hätte. Ich glaube, ich hätte ihr den Teller mit dem kalten, so gesunden, abgestandenen Ziegenmilchpapp in ihr falsches Gesicht gepappt."

„Da haben wir ja noch mal Glück gehabt", schmunzelte Karl, „der große Familienkrach ist vermieden worden."

„Habt ihr wenigstens gemütlich Kaffee getrunken?", wollte Karl wissen.

„Von wegen. Sie hat mir ein Glas Ziegenmilch angeboten, und als ich dankend ablehnte, hat sie mir beleidigt einen Vortrag gehalten, wie gesund Ziegenmilch ist und so weiter."

Karl lachte lauthals. „Und schließlich hat sie widerwillig Kaffee gekocht. Wenn man die helle Brühe Kaffee nennen kann. Und seufzend hat sie die einzelnen Bohnen gezählt!"

„Na, na, Lisa, ich glaube Du übertreibst", grinste Karl.

„Und ich glaub', Du nimmst sie auch noch in Schutz, dieses eiskalte Luder!" Zornig blickte sie ihren Mann an. Karl fand es angebracht, den Rückzug anzutreten: „Ich glaube, ihr beide werdet keine Freunde mehr fürs Leben."

„Darauf kannst Du Dich verlassen", fauchte Lisa.

Agnes und ihre Mutter wurden auch zeitlebens keine Freundinnen fürs Leben. Lisa jedoch hätte sich nicht vorstellen können, dass sie einmal, viele Jahre später, mit Lene einige Jahre in einem Holzhaus auf dem Wiesengrundstück leben würde.

Jüpp war tot. Lene sprach nicht über seinen Tod.

Wenn sie gefragt wurde, wiegelte sie ab: „Ich war mit Agnes ja evakuiert und habe es erst erfahren, als alles schon eine Zeitlang vorbei war. Es gab ja schließlich keine Post und keine Bahnverbindungen, von Telefon ganz zu schweigen, in den Wochen und Monaten nach Kriegsende 1945."

Sie war aber rechtzeitig zurückgekehrt, um sich das Holzhaus und ihre Möbel zu sichern. Anstelle des bombenzerstörten alten Fachwerkhauses hatte Jüpp, im Hinblick auf die Situation in Duisburg, ein recht komfortables Holzhaus installieren können.

Wann immer die Sprache auf Jüpps Tod gekommen war, hatte Lene das Thema gewechselt. Damit gab sich Lisa nicht zufrieden.

Sie fand schließlich heraus, dass es einen Augenzeugen gab.

„Du kennst schließlich Jüpp", begann der seinen Bericht. „Er hatte die Aufsicht und die Verantwortung für ein Lager von Ostarbeitern."

„Ostarbeiter?"

„Männer und Frauen aus Osteuropa, Zwangsarbeiter, die hier in der Industrie schufteten. Die meisten deutschen Männer waren ja im Kriegseinsatz, irgendwie.

Er war für alles zuständig: Unterkunft, Verpflegung, ärztliche Betreuung, und so weiter.

Fuchsteufelswild konnte er werden, wenn das Essen für die Leute nicht in Ordnung war, wenn sich jemand an Lebensmitteln für die Arbeiter vergriffen hatte. ‚Wer schwer arbeitet, muss auch anständig essen', war seine Meinung. Ärger gab es aber auch, wenn er Unordnung und Disziplinlosigkeit bei den Arbeitern feststellte."

Er seufzte: „Jüpp machte sich nicht nur Freunde. Aber die meisten wussten, was sie an ihm hatten, auch wenn er hin und wieder Prügel und Konsequenzen androhte.

Ich habe ihn oft gewarnt, aber er hat nur gelacht. „Die wissen, was sie an mir haben."

„Das wussten wohl nicht alle?"

„Wie das so ist, Jüpp hatte den Laden in Schuss, sauber und nach festen Regeln, wie ich schon sagte. Und obwohl es nicht jedem passte, lief alles äußerlich reibungslos bis Kriegsende. Bis dahin waren die Machtverhältnisse schließlich klar."

„Aber dann …?"

„Ja, dann besetzten die Engländer Duisburg und ‚befreiten' die Ostarbeiter. Sie hießen dann ‚Displaced Persons' und fühlten sich plötzlich als die Herren. Nur kurze Zeit."

„Wieso nur kurze Zeit?"

„Sie wurden sehr bald in ihre Heimatländer abgeschoben. Etliche wollten gar nicht ‚heim'. Sie tauchten unter oder versuchten in westliche Staaten auszuwandern. – Aber das ist eine andere Geschichte. – Ihre kurze unkontrollierte Freiheit genügte", seufzte der Zeuge.

„Genügte für was?"

„Für das Drama mit Jüpp."

Er machte eine Pause. Lisa bekam einen trockenen Hals.

„Es wäre wohl nichts passiert, wenn da nicht die Maria, eine bildhübsche Ukrainerin gewesen wäre. Sie nannte Jüpp zwar Papa. Aber da war nichts mit Papa. Kurz, sie lebte mit ihm, und das passte einigen ihrer Landsleute schon länger nicht. Aber jetzt konnten sie ihr Mütchen kühlen. Sie hatten sich Waffen besorgt, ordentlich

Mut angetrunken und lagen an der Straße oberhalb der Baracke. Sie gröhlten und schrien, Maria solle zu ihnen herauskommen. Maria hatte Angst zu bleiben, aber noch mehr Angst vor ihren aufgeputschten Landsleuten.

Vielleicht wären sie wieder abgezogen, nachdem sie ein wenig in die Luft geballert hatten. Vielleicht hätten sie auch Angst vor der eigenen Courage bekommen, vielleicht hätten sie eine englische Streife befürchtet, schließlich war Waffenbesitz verboten. Auch für die ‚Verbündeten', von denen die Engländer angeblich sowieso nichts hielten. Vielleicht, vielleicht ..."

„Aber was tat Jüpp?"

„Er riss die Haustür auf, stand mit geballten Fäusten in der hellerleuchteten Tür und brüllte: ‚Kommt her, wenn ihr was wollt!' Eine ideale Zielscheibe. Idealer ging es nicht. Schüsse fielen. Jüpp brach zusammen. Die Schützen flohen.

Als ich mich über ihn beugte, blickte er mich ruhig an: ‚Es ist aus.'

„Aber wieso denn?"

„Bauchschuss. Ich war im ersten Weltkrieg. Ich weiß Bescheid. – Ich geh' kaputt."

Lisa stöhnte.

Der Mann schluckte: „Ich wusste nicht, wo ein Arzt zu finden wäre. Er war Ausgangssperre. Es gab nur tagsüber deutsche Hilfspolizisten, kenntlich an einer weißen Armbinde ohne Waffen. Es gab keine Polizei. Und die bewaffneten Banden konnten überall im Dunkeln lauern. Als ich am Morgen endlich einen Arzt gefunden hatte, war es zu spät."

Sie schwiegen lange.

Und in das Schweigen hinein glaubte Lisa die Stimme ihrer Mutter zu hören: „Sein Jähzorn bringt ihn noch mal um."

Der Weg nach Oppeln

Braune Uniform

„Henriette, wer ist denn der Mann in der braunen Uniform da unten an der Ecke?“ Die Zahnarztgattin klang ein wenig irritiert.

„Wartet der Mann auf Sie?“

„Ja, Frau Doktor, er ist mein Verlobter.“

„So, so, ihr Verlobter“, Akzeptanz klang anders.

„Na, dann lassen Sie ihn nicht mehr warten“, kam es gedehnt.

„Jetzt ist es acht“, sie sah auf die Uhr.

„Seien Sie bitte um neun zurück. Ich bin schließlich verantwortlich für Sie“, setzte sie bestimmt hinzu.

„Wenn ich das Gretchen erzähle!“ Jettchen flog die Stufen in dem großzügigem Treppenhaus hinunter. Atemlos kam sie bei Erich an, der ihr strahlend entgegensah.

„Komm mit“, sie hakte sich bei ihm unter. „Sie beobachtet uns bestimmt.“ Er drückte ihren Arm.

„Wenn ich das Gretchen erzähle. Und was für ein Gesicht Frau Doktor machte wegen Deiner Uniform.“

Jettchen zog die Stirn kraus. „Wenn ich ehrlich bin, mir gefällt sie auch nicht. Meiner Familie auch nicht besonders. Von Gretchen und Peter Kuhn ganz zu schweigen.“

„Ich bin direkt vom Antreten hierhergekommen“, entschuldigte Erich sich. „Das nächste Mal komme ich in Zivil“, versprach er.

Jettchen war zufrieden. Sie wusste, er würde alles tun, was sie verlangte. Sie war, wie er sagte, seine große Liebe.

Jettchen hatte die Reaktion ihrer Schwester richtig eingeschätzt.

„Sie hat Dir also gnädig eine Stunde Ausgang bewilligt, nachdem Du zwölf Stunden gearbeitet hattest. Du bist vierundzwanzig und sie ist für Dich verantwortlich! Das hat sie nicht wirklich gesagt – oder doch?"

Und als Jettchen bestätigend nickte und bevor Gretchen ihrer Empörung weiter Luft machen konnte, schaltete sich der Vater ein: „Sie ist verantwortlich für Dich? Das wollen wir doch mal klären!"

Und Karl König klärte in einem sehr einseitig geführten Gespräch einige Fakten, die die Frau Doktor wohl übersehen hatte. Man habe das Jahr 1936. Eine Vierundzwanzigjährige sei eine mündige Person. Wenn es überhaupt einer Verantwortung bedürfte, dann sei er, Karl König, der Vater, verantwortlich. Und niemand sonst.

Die Frau Doktor war eine gescheite Person. Sie gestand sich selbst ein, dass sich die Zeiten geändert hatten. Sie stimmte zu, dass Jettchen jeden Abend nach getaner Arbeit das Haus verlassen dürfe. Freie Sonntage wurden zugestanden.

Die Zugeständnisse der Hausherrin fußten weniger auf ihrer Einsicht als auf praktischen Erwägungen. Sie wusste, was sie an Jettchen hatte. Eine fleißige, flinke, zuverlässige Person. Keine bügelte die Praxiskittel für ihren Mann perfekter als Jettchen. Er merkte es sofort, wenn jemand anders gebügelt hatte. Jettchen stand täglich stundenlang, ohne zu klagen, am Bügelbrett, von der anderen anfallenden Hausarbeit, die sie sorgfältig und schnell erledigte, ganz zu schweigen.

„Kein Wunder, dass Du jetzt schon Plattfüße kriegst", schimpfte Gretchen. Das Einsehen der Frau Doktor wurde auch durch weitere Erfahrungen, die sie machen musste, beeinflusst.

Kurzzeitig war neben Jettchen und dem noch langjährigeren ‚Erstmädchen' ein drittes Dienstmädchen beschäftigt gewesen. Das Mädchen hatte es tatsächlich abgelehnt, die Hausherrin mit

‚Frau Doktor‘ anzureden. Kühl hatte sie erklärt, den Titel habe der Zahnarzt erworben, nicht seine Frau. Und außerdem betrachte sie es nicht als ihre Aufgabe, sich von den verwöhnten Töchtern des Hauses kommandieren zu lassen und deren achtlos verstreute Sachen aufzusammeln.

„Aber sie ist gar nicht so übel, die Frau Doktor“, stellte Jettchen fest. „Immer höflich, und sie packt selbst mit an.“

„Höflich und unerbittlich“, spottete Gretchen. „Und was das Mitanpacken anbelangt. Ich habe gehört, dass die Waschfrau Zustände kriegt, wenn sie mit Gummistiefeln in der Waschküche auftaucht und das Kommando übernimmt.“

„Sie beweist eben gerne, was sie alles im Pensionat für höhere Töchter gelernt hat, um später mal perfekt einen herrschaftlichen Haushalt leiten zu können. Arm ist sie ja nicht von Hause aus. Einzige Tochter und eine Wäschefabrik in Bielefeld“, wusste Jettchen.

„Ach Henriette, schön, Sie zu sehen.“ Der freundliche alte Herr überreichte ihr in der Küche zwei Pfund Butter. Er zwinkerte ihr verschwörerisch zu.

„Ich weiß schon wofür“, reagierte Jettchen verständnisinnig.

„Ihre Reibekuchen sind die besten“, schwärmte er. „Handgeriebene Kartoffeln, einfach köstlich. Ich freue mich vor jedem Besuch schon darauf. Und die Butter ist zum Braten. Sie wissen ja, meine Tochter ist sparsam, sie würde Margarine nehmen.“

„Kind, Du solltest Dich ruhig etwas eleganter kleiden“, riet er seiner sparsamen Tochter. „Wenn Du ein bisschen Geld brauchst …“, er suchte nach Worten.

„Du siehst ein wenig westfälisch aus, hier im Rheinland …“. „Lass nur, Vater, ich bin Westfälin und mein Mann …“. „Ich weiß, dass ihr eine gute Ehe führt.“

Jettchen hatte ungewollt das Gespräch belauscht. Zu Hause gaben die Schwestern ihre Kommentare dazu.

„Eigentlich sieht sie nicht schlecht aus."

„Ein bisschen derb, aber gut gewachsen."

„Stattlich ist der richtige Ausdruck."

„Sie ist vielleicht etwas plump ..."

„Sie ist ein Pferd, ein westfälisches Pferd", schloss Grete die Beurteilung ab.

„Aber sie führen wirklich eine gute Ehe, das geht nur ‚Spatz' und ‚Spätzchen'", kicherte Jettchen.

„Manchmal wenn Adele, ihr wisst schon, das ‚Erstmädchen', das Schlafzimmer richtet, schwimmen im Nachttopf noch Pariser.

Die Frau Doktor sagt dann freundlich entschuldigend: ‚Ach, verzeihen Sie, Adele, das habe ich ganz vergessen.'"

Die Schwestern amüsierten sich köstlich. „Alle Achtung, er ist schließlich zehn Jahre älter als sie."

„Aber Adele schimpft dann jedesmal, die findet das gar nicht lustig. Sie muss es schließlich wegmachen."

„Ja, eine Vertrauensstellung ist auch nicht immer Zuckerschlecken", philosophierte Mariechen.

„Wie lange ist Adele schon bei Herrmanns? Und ist sie nicht verlobt, so etwas wie die ewige Braut?"

Jettchen dachte nach: „Ich bin jetzt fast sieben Jahre da."

„Mein Gott", stöhnte Grete, „schon so lange?"

„Und die Adele", Jettchen überlegte, „ich glaube so um die zwölf. Und sie ist seit zehn Jahren verlobt. Sie wollen erst heiraten, wenn sie alles haben."

„Was heißt ‚alles haben'?"

„Wenn sie genug Geld für eine schöne Wohnung und gute Möbel, für Porzellan und Kristall, für Wäsche und Hausrat haben.

Sie kommen beide aus sehr armen Verhältnissen. Sie wollen keinen Armeleuteanfang."

Die jungen Frauen schwiegen. Schließlich brach Mariechen das Schweigen: „Irgendwie kann ich das verstehen. Uns geht es ähnlich. Aus armen Verhältnissen wollen wir auch heraus. Aber so ...?"

„Aber so, um jeden Preis? Zwölf Jahre sparen und sparen und warten?" Und ungewohnt herzlich fügte Grete hinzu: „Ich wünsche ihnen, das alles so kommt, wie sie es planen."

Gretes Wunsch ging nur bedingt in Erfüllung. Adele und ihr Verlobter erarbeiteten und ersparten und verwirklichten ihren Traum. Ein Jahr vor Kriegsbeginn heirateten sie. Im ersten Kriegsjahr fiel Adeles Mann.

Jettchen erzählte. Die Schwestern waren ganz Ohr. „Ihr kennt doch die beiden Töchter von Herrmanns."

„Nicht wirklich, Du bist vor Jahren mal mit ihnen kurz hier gewesen, Du solltest sie damals spazieren führen."

„Das ist tatsächlich schon lange her. Die brauchen kein Kindermädchen mehr. Im Gegenteil."

„Was meinst Du mit ‚im Gegenteil'?"

„Die älteste, die Annemarie, ist jetzt sechzehn. Sie geht nicht mehr zur Schule. Sie ist zu zart für jede Anstrengung, sagt man. Ich glaube, sie hat eine schwache Lunge. Aber das kann ich nicht so recht glauben."

„Warum nicht, auch Kinder von reichen Leuten können kränklich sein."

„Aber irgendwie passt es doch nicht zusammen. Mir ist aufgefallen, dass der Rechtsanwalt, Dr. Krämer, des öfteren hier auftaucht. Erst dachte ich, die beiden Herren haben etwas zu besprechen. Aber er kam auch, wenn unser Doktor in der Praxis war."

„Aha, Nachtigall, ik hör‘ Dir trapsen“, ließ sich Grete im schönsten Berlinerisch vernehmen.

„Und mir fiel auf, dass die Frau Doktor immer ein wenig nervös und besonders freundlich war, wenn sie ihn empfing. Ich bekam dann eine Arbeit in den Praxisräumen oder im Treppenhaus. Letzten Freitag war ich in der Küche beschäftigt. Sie hatten wohl vergessen, die Salontür zu verschließen. Er sagte: ‚Sie können sich ganz auf mich verlassen, Frau Herrmann. Annemarie ist solch ein delikates Geschöpf. Behutsamkeit ist das erste Gebot.‘ Dann ging er.

Der Herr Doktor kam aus der Praxis, beklagte sich über die anspruchsvollen Privatpatienten, die allein er behandelte. Die zwei jüngeren Ärzte sind ja für die Kassenpatienten zuständig.“

„Dass die Praxis gut läuft und dass die Herrmanns nicht arm sind, wissen wir ja“, drängte Mariechen. „Aber wie ging es weiter?“

Jettchen bedauerte: „Alles habe ich nicht so genau verstehen können, aber: ‚Spatz, er ist zwanzig Jahre älter und sie ist sechzehn.’

‚Sechzehneinhalb, Spätzchen, und sie ist einverstanden.’ Dann machten sie die Salontür zu.“

Die Frau Doktor packte in einen eleganten Koffer feine Unterwäsche, seidene Nachthemden und teure Toilettenartikel. Genau passend für einen Wochenendurlaub. Der gestandene Anwalt holte Annemarie an diversen Wochenenden mit seinem Auto ab. Annemaries Arroganz gegenüber dem Personal stieg, ihr Zigarettenkonsum auch. Als sie siebzehn wurde, gaben die Eltern hocherfreut die Verlobung ihrer Tochter Annemarie mit Dr. Kramer, einem der begehrtesten Junggesellen der Stadt, bekannt.

Die Hochzeit war zu Annemaries achtzehntem Geburtstag geplant. Annemarie genoss ihre gesellschaftliche Stellung in vollen

Zügen. Ein halbes Jahr vor der geplanten Eheschließung erkrankte sie an offener Tuberkulose. Das bedeutete, keine Abendgesellschaften mehr, keine Zigaretten, keine Kinder. Dr. Kramer hielt sein Wort. Er heiratete Annemarie in einer stillen Zeremonie. Eine jahrelange Odyssee durch Sanatorien begann.

Aber da war Jettchen schon nicht mehr zweites Mädchen bei den Herrmanns. Erich hatte endlich feste Arbeit bekommen. Sie heirateten 1938 und Jettchen bekam ihr eigenes kleines Reich.

„Wie ist Erich nur in diese braune Uniform gekommen“, grübelte Peter Kuhn. „Er hat sich noch nie irgendwie politisch geäussert.“

„Und Du wirst ihn auch nicht mit Deinen marxistischen Ideen konfrontieren“, beschwor Gretchen ihren Mann.

„Ich glaube er würde sowieso nichts verstehen. Er ist so ...“

„Du meinst er ist ein bisschen dumm“, versuchte es Gretchen auf dem Punkt zu bringen.

„Nicht dumm, er ist naiv. Ich glaube er ist der unpolitischste Mensch, dem ich je begegnet bin“, stellte Peter fest.

Jettchen wusste nur, dass ihr Mann in so einer vaterländischen Jugendorganisation gewesen war. Und dass seine ältere Schwester ihn, seinen Zwillingsbruder und eine behinderte Schwester, nachdem beide Eltern 1912 an Typhus gestorben waren, durchgebracht hatte. Mit vierzehn hatte er sein Arbeitsleben als ‚Ungelernter‘ begonnen.

„Eine klassische Biographie“, war Peter Kuhns bitterer Kommentar gewesen.

Aber die Familie mochte und akzeptierte ihn. Es schien ein unausgesprochenes Einverständnis zu herrschen, seine braune Mitgliedschaft nicht zu hinterfragen, sondern zu ignorieren. Selbst Peter Kuhn hielt sich daran.

„Schön, dass ihr da seid.“ Strahlend empfing Erich seine Schwägerin Mariechen, ihren Mann und die kleine Tochter.

„Hugo, meine Frau hat gebacken“, feixend wollte Erich seinen Schwager ins Schlafzimmer ziehen. Jettchen verstellte ihnen den Weg, halb lachend, halb den Tränen nahe. Erich küsste seine Frau auf die Wange, wirbelte sie herum, gewann die Schlafzimmertür und kam triumphierend in die kleine Wohnküche zurück, wo ihm der Besuch erwartungsvoll entgegenblickte.

Hoch über seinem Kopf balancierte er eine Kuchenplatte auf der etwas Zusammengefallenes lag, das mit einem gelungenen Kuchen nur entfernte Ähnlichkeit hatte. Und ernsthaft und mit gespieltem Stolz verkündete er erneut: „Meine Frau hat gebacken.“

Jettchen schluckte. Hugo feixte. Mariechen sah ihn strafend an. Sie kannte die Empfindlichkeit der Schwester. Jettchen versuchte nicht mehr, das Ergebnis ihrer Backkunst verschwinden zu lassen. „Ich komme mit dem Herd nicht zurecht. Erst geht der Kuchen beim Backen auf, dann fällt er jedes mal zusammen“, verzweifelte sie, wieder den Tränen nahe.

„Und dann sagen sie, was die modernen Herde alles können.“ Sie griff nach ihrem Taschentuch.

„Aber Schatz, das macht doch nichts, ist doch nur ein Kuchen“, tröstete Erich sie. „Ich habe nur Spass gemacht. Du bist eine perfekte Hausfrau.“ Und ganz offensichtlich meinte er, was er sagte. Das schlechte Gewissen war ihm ins Gesicht geschrieben.

„Es liegt am Heizen“, dozierte Hugo: „Nur am richtigen Heizen. Mariechen versteht auch nichts davon. Wenn ich den Herd heize, ist es in der Wohnung stundenlang warm, und wenn die Hitze gleichmäßig ist, gelingt auch der Kuchen.“

„Es stimmt, was er sagt“, bestätigte Mariechen. „Ich heize auch nicht richtig, und das Backen klappt bei mir auch nicht immer.“

„Ihr Männer habt gut reden. Du besonders, Hugo. Du bist schließlich Lokheizer und tust den ganzen Tag nichts anderes als heizen, heizen, heizen." Jettchen steckte ihr zerknülltes Taschentuch ein.

„So schlecht sieht er gar nicht aus. Wird schon schmecken."

Mit dieser am Ende einhelligen Meinung widmeten sich alle dem Verunglückten.

„Nun stell' Dich doch nicht so an, Jettchen. Dein Mann geht singend und pfeifend aus dem Haus, freut sich über die Sonderschichten, und Du beklagst Dich", wusch Gretchen ihrer Schwester den Kopf.

„Aber Sonntagsschichten! Was mache ich nur den ganzen Sonntag allein?", jammerte sie.

„Du solltest lesen oder handarbeiten. Und Mama und Papa und uns kannst Du doch besuchen." Gretchen seufzte genervt: „Deine Sorgen möchte ich haben."

Jettchen maulte ein wenig, musste dann aber lächeln. „Er singt und lacht und schwenkt mich herum ‚Schatz, ich komm' doch wieder' und weg ist er.

Und dabei leistet er Schwerarbeit", fügte sie schuldbewusst hinzu.

„Also geh' zur Leihbücherei und fange an zu lesen. Handarbeite etwas, das kannst Du doch", drängte die ältere Schwester.

„Wenn man zu Euch kommt sitzen Peter und Du in je einer Ecke, und ihr schweigt und lest. Und eure Lisel fängt damit auch schon an. Und handarbeiten? Für all das bin ich viel zu nervös", entgegnete Jettchen. „Ach was, Jettchen. Du kannst nur mit Dir selbst nichts anfangen. Es muss immer was passieren. Du brauchst ein Programm, das Dir andere machen."

Jettchen brauchte nicht lange auf ein Programm zu warten. Bald nach Beginn des Russlandkrieges konnte Erichs eigentlich kriegswichtige Arbeit bei Mannesmann auch von Kriegsgefangenen und ‚Ostarbeitern' geleistet werden. Er wurde eingezogen. Jettchen besuchte ihn während der Ausbildung.

„Ich habe ihn nicht wiedererkannt. Das war nicht mehr mein Erich."

„Wie meinst Du das?", fragte die Familie.

„Er spricht kaum, wirkt verbissen. Nicht, dass er sich beklagt, aber die anderen erzählen von sadistischen Ausbildern und von Schikanen", berichtete Jettchen, als sie von dem ersten Besuch, der erlaubt worden war, zurückkehrte.

„Aber wozu soll das gut sein, die sind ja schon kaputt, wenn es losgeht", staunte Mariechen.

„Die Ausbilder sagen, die Soldaten würden ihnen noch mal dankbar für den Drill sein, wenn sie in Russland um ihr Leben springen, hechten und laufen müssten."

Betroffenes Schweigen breitete sich aus.

Die Ausbilder sollten recht behalten. Erich kam 1941 an die Ostfront.

Jettchen erwartete ein Kind.

„Sind Sie sicher, dass Sie schon im sechsten Monat sind?"

„So möchte ich auch schwanger sein!"

„Sie flitzen wie eine Vierzehnjährige."

Solche und ähnliche Kommentare bekam sie oft zu hören. Schwangerschaft und Geburt ihres Sohnes 1941, das waren für lange Zeit die problemlosen Ereignisse ihres Lebens.

„Kasper, sieh Dir das an." Der Bruder war auf ihren Hilferuf herbeigeeilt. Beide starrten fassungslos nach oben. Die Giebelwand des Hauses war von einer Sprengbombe fein säuberlich abgetrennt.

Das Ganze wirkte wie ein Puppenhaus für Riesenkinder, mit Dach, Etagen, Möbeln. Alles an seinem Platz. Aber einsturzgefährdet.

„Kasper", jammerte Jettchen, fassungslos, „das Schlafzimmer komplett, alles da, die Küchenmöbel, mein Küppersbuschherd, alles da, nichts ist kaputt, oh Gott!"

„Alles da", bestätigte Kasper, „in einem einsturzgefährdeten Haus."

„Kann man denn nicht, ich meine, geht es denn nicht ...", sie schwieg und senkte den Kopf. „Und wir haben jahrelang gespart dafür, und wir waren so glücklich." Aber dafür Leben und Gesundheit zu riskieren?

Und der alte Kasper aus den Kindertagen, der durch den Rhein schwamm, der über den stählernen Brückenbogen robbte, der seine Schwestern gegen Jungen verteidigte, die einen Kopf größer waren als er, während Bruder Karl mit den Händen in den Hosentaschen unbeteiligt zuschaute, dieser Kasper aus Kindertagen, gewann noch einmal die Oberhand über den gesetzten Mittdreißiger.

Er holte alle Möbel, allen Besitz von dem schwankenden Balkenfußboden unbeschadet herunter, sogar den zentnerschweren Küppersbuschherd.

„Die Herdplatten glänzten noch immer wie Spiegel", amüsierte er sich später. „Aber ohne Onkel Jüpps Hilfe hätte ich es nicht geschafft", fügte er hinzu.

„Kasper ist ein Glückspilz", war sowieso die feste Überzeugung seiner Frau Maria.

„Irgendwas von chronischer Magenstörung. Und Haferschleim, nur ein Töpfchen Milch, Fencheltee und warmhalten ..."

„Der arme Kleine sieht aus wie ein abgezogener Hase, wie ein uralter verhungerter Zwerg", dachte Mutter Lisa. Und ohne innere

Überzeugung versuchte sie zuversichtlich zu klingen: „Du kriegst ihn durch, da bin ich ganz sicher."

Jettchen säuberte ihren Sohn,, kremte und puderte das fleischlose Körperchen. „Er ist kein bisschen wund", Stolz schwang in ihrer Stimme. „Ich passe auf, dass er keine Minute nass bleibt, Tag und Nacht."

„Du schaffst das, Kinder sind oft zäher als man glaubt. Er übersteht das."

Jettchen straffte sich. „Und ob wir das schaffen. Und ob!" Sie schob den doppelt umgeschlagenen Ärmel des viel zu großen Babyjäckchens behutsam hoch und legte ihre Hand über die zerbrechlich durchsichtigen Fingerchen ihres Sohnes. Es klang wie ein Schwur: „Wir schaffen das, und ob wir das schaffen."

Und Jettchen fütterte ihn Tag und Nacht, alle zwei Stunden unermüdlich, immer in der Hoffnung, das der kleine Körper etwas Nahrung aufnahm und behielte.

Es besserte sich nichts. Aber er lebte noch, der kleine abgezehrte Körper kämpfte. Da bekam sie die Nachricht, dass Erich schwer verwundet sei. Er lag in einem Lazarett im Bergischen. „Ich fahre hin."

Die Geschwister boten sich an, sich um den kleinen Erich zu kümmern. „Ich nehme ihn mit. Wenn ich ihn aus der Hand gebe, nehmt es mir nicht übel, stirbt er."

Sie hätte ihren Sohn nicht einmal einem Krankenhaus anvertraut. Wo die doch nur von einer Magenverstimmung sprachen. Sie wusste es besser. „Ich weiß nicht, was er hat. Aber eine bloße Magenverstimmung ist es nicht. Ich spüre, dass es etwas ist, was ich nicht fassen kann."

Sie fand ihren Mann blass, aber inzwischen außer Lebensgefahr. Durch eine Schussverletzung war eine Arterie im Leistenbereich verletzt worden. Er hatte unglaubliches Glück gehabt, sofort Hilfe zu finden und zu überleben. Das Hüftgelenk würde wohl steif bleiben.

Ein anderer Verwundeter gratulierte ihm zu dem ‚Heimatschuss'. Erich hatte den kleinen Erich zu sich auf das Bett gelegt. Das Kind erbrach schon wieder. Ein junger Arzt warf einen kurzen Blick in das Zimmer. Üblicherweise hatten die Besucher bei der ärztlichen Visite das Zimmer zu verlassen.

Er nickte Jettchen kurz zu und wollte gehen. Beim Hinausgehen fiel sein Blick mehr zufällig auf den Säugling, auf ein Kind, das aussah wie ein vom Tode gezeichneter Zwerg. Er hielt inne und kam interessiert näher.

Jettchen, sein Interesse spürend und instinktiv nach jedem Strohhalm greifend, schilderte ungefragt und bildreich das Dilemma. Der junge Arzt hörte aufmerksam zu. Er schien nachzudenken.

„Wie müde er aussieht", dachte Jettchen. „Hoffentlich ist er nicht zu müde." Ein Hoffnungsschimmer glomm. Sie wusste selbst nicht warum.

„Wären Sie bereit, Blut für Ihren Sohn zu spenden, obwohl Sie Ihr Blut eigentlich selbst brauchen?"

„Alles was ich nur tun kann, Herr Doktor", drängte Erich.

„Ich weiß nicht ob es hilft. Aber es ist ein Versuch."

„Bitte versuchen Sie, bitte versuchen Sie alles", flehte Jettchen.

Die direkte Blutübertragung gelang. „Ich konnte sehen, wie sich sein Gesicht schon während der Übertragung rosig färbte", erzählte Jettchen später. Der kleine Erich behielt seitdem seine Nahrung bei sich und entwickelte sich zu einem normalen Kind.

Die junge schwarzgekleidete Kriegerwitwe, die den dörflichen Briefträger abgelöst hatte, brachte Mariechen einen Brief. „Ah, von Jettchen."

Die Schwester schrieb:

Liebes Mariechen,

Jetzt habe ich genug. Jede Nacht mit dem Kind in den Bunker rennen mit all dem Zeug, was ein Kleinkind braucht und mit den Papieren undsoweiter.

Seit auch Gretchen ausgebombt ist und in Eisenach lebt mit Lisel, ist ja gar nicht weit weg von Dir, will ich auch nicht mehr in Duisburg bleiben.

Erich möchte nicht, dass ich die Wohnung aufgebe. Ich bin ja aber nur in die Wohnung eingewiesen worden und wie lange die noch heil ist, weiß auch niemand.

Kasper und Maria sind die einzigen von uns, die noch ihre eigene Wohnung haben. Wer weiß, wie lange?

Die Möbel kann ich erst mal unterstellen. Onkel Jüpp hat da Möglichkeiten. Du weißt ja, Onkel Jüpp hat immer Möglichkeiten.

Und die Wohnung von unserem Peter in Bruckhausen steht auch noch. Er lebt da jetzt allein. Muss ja noch arbeiten, ist kriegswichtig. Minchen und Mathilde sind im Hunsrück bei Minchens Familie mütterlicherseits. Da sitzt sie den ganzen Tag und die halbe Nacht an der Nähmaschine und näht für die Bauern, bezahlt mit Naturalien. Unser Peter macht sich Sorgen um sie. Ist schon komisch, er hat sich noch nie für jemanden außer für sich selbst interessiert. Aber bei Minchen ist das anders. Er hat sie vom ersten Tag an vergöttert. Aber das weißt Du ja.

Also, wie ich sagte. Ich will weg. Vielleicht kannst Du bei einem Bauern ein Zimmer für den Kleinen Erich und mich mieten. Gegen angemessene Bezahlung selbstverständlich. Vielleicht so etwas Ähnliches wie Du gefunden hast. Mama möchte auch gerne weg aus Laar. Jede Nacht laufen die beiden Alten in den Bunker am Laarer Markt. Es sind zwar nur ein paar Schritte, aber bei jedem Alarm! Ich schaue nach jeder Bombardierung auf

Laar nach ihnen. Aber wenn ich weg bin, was dann? Alle reden ihnen zu, zu Dir nach Hessen oder zu Gretchen nach Eisenach zu ziehen. Aber was sagt Papa: „In Laar fallen keine Bomben!" Und was sagt Mama: „Männer!".

Seit Erich in der Genesungskompanie ist, bekommt er ab und zu Urlaub. Es ist also gleich, wo er uns trifft, nein, alles ist besser als im dauernd bombardierten Duisburg.

Liebe Schwester, sieh mal zu, was sich machen lässt.
Herzliche Grüße,
Jettchen und der kleine Erich

Mariechen legte nachdenklich den Brief der Schwester aus der Hand. Sie würde eine Lösung finden. Und dann lächelte sie.

Der Brief war typisch Jettchen. Auch die Flüchtigkeitsfehler. Sie hörte förmlich die alte Lehrerin sagen: „Henriette, wenn Du doch etwas mehr von meiner besten Schülerin, Deiner Schwester Käthe, hättest!"

Und Jettchen würde sagen: „Um nichts in der Welt möchte ich wie ons Käth sein."

Das Hexenhaus

Die zwei jungen Frauen schlenderten vom hochgelegenen Ortsende den Weg zwischen den Kornfeldern entlang.

„Wo sind Erich und Ingrid eigentlich?“ Die Köpfe der beiden Kinder tauchten aus einem Kornfeld auf und verschwanden wieder.

„Es war gar nicht so leicht von der vielen Arbeit loszukommen“, berichtete Jettchen.

„Ich kenne das. Ich habe wie Du als Evakuierte für den Aufenthalt bezahlt, habe meine Lebensmittelmarken abgegeben, im kleinen Laden geholfen, ohne Bezahlung natürlich, habe für die Enkelkinder gestrickt, im Haushalt gearbeitet, die Zimmer tapeziert und wenn ich dann abends mal die Zeitung gelesen habe, hat mich der alte Schneider missbilligend gefragt, ob ich nichts zu tun hätte. Und Ingrid durfte sich gar nicht bewegen. Und wenn das Kind mich mal in Anspruch genommen hat, hat er geknurrt, sie solle mich nicht von der Arbeit ablenken! Als er sagte, meine Älteste wäre doch mit der Kinderlandverschickung in der Tschechei sehr gut aufgehoben, ich bräuchte doch keine eigene Wohnung, da hatte ich genug!“

„Ich glaube, wir sind viel zu gutmütig“, grübelte Jettchen.

„Und geduldig“, ergänzte Mariechen. „Aber“, fuhr sie fort, „da war Sabbat.“

„Du hast wirklich Glück gehabt, die Wohnung im Dorf zu bekommen.“

„Na ja, das Bürgermeisteramt wollte nicht zustimmen. Sie wären für Kassel zuständig, nicht für das Ruhrgebiet. Aber Hugo …“

„Ja, ja. Hugo und die Uniform. Wenn jemand in Uniform erscheint, klappt eben alles leichter“, seufzte Jettchen ergeben.

„Hugo war so energisch, weil er weiß, unsere Große musste da weg aus der Tschechei. Er hat als Lokführer in Russland eben jahrelang gesehen, was wirklich läuft. Dass der Krieg verloren ist, weiß er schon lange."

„Aber jetzt lässt sich das Bürgermeisteramt auf keine Ausnahmen mehr ein. Eigener Wohnraum für Duisburger, das kannst Du vergessen", resignierte Jettchen.

„Aber, Du schuftest Dich bei den Webers ab, so geht das nicht weiter", beharrte Mariechen, „und wenn Dein Erich Urlaub kriegt, muss der verwundete Mann sich in Deinem primitivem möbliertem Zimmer herumdrücken, während Du den heruntergekommenen Haushalt der Webers auf Vordermann bringst."

„Ich tue das ja freiwillig. Da sind vier schulpflichtige, etwas verwahrloste Kinder. Den Säugling nimmt Frau Weber mit aufs Feld, wo sie bei Bauern arbeitet für Lebensmittel für die Kinder. Der Mann ist Soldat. Sie waren und sind arme Leute."

„Ich weiß das alles, aber irgendwann muss man wieder sein eigenes Leben führen. Du hast jetzt genug geputzt, Hosen geflickt, Wände gestrichen und ..."

Jettchen kicherte: „Und Hausaufgaben kontrolliert. Ich wusste gar nicht, dass ich so gut im Rechtschreiben sein kann."

„Na, dann freut sich Deine alte Lehrerin noch im Grabe", amüsierte sich Mariechen.

„Kinder, wo seid ihr. Wir gehen zurück."

Am Ortsrand stockte ihr Schritt. Sie sahen sich an. „Denkst Du das Gleiche, was ich denke?"

„Ich glaube schon."

„Dann los!"

Entschlossen betraten sie den großen Vorhof eines gewichtigen Anwesens. Da war nichts von der Enge und Bescheidenheit, mit der sich die meisten Häuser des Dorfes den Hügel hinab in das enge

Tal des kleinen Flüsschens drängten. Sie sahen durch die offene Tür des langgestreckten Stalls eine stattliche Anzahl Kühe offensichtlich zufrieden wiederkauen.

„Das sind keine armen Leute“, murmelte Jettchen beeindruckt.

„Sie gehören zu den reichsten im Dorf“, wusste Mariechen.

„Nur Mut“, sie klopften beherzt an die Haustür. Die alte Bauersfrau öffnete. Ein wenig verwundert sah sie die beiden Stadtfrauen an. Mariechen lebte ja schon länger im Dorf. Die kannte sie vom Sehen. Die andere war ganz offensichtlich deren Schwester.

„Das kleine Haus, direkt an der Straße, das gehört doch Ihnen, nicht wahr?“

„Ja, ja. Aber ich verstehe nicht ...?“

„Es steht doch leer und wir würden es gerne mieten.“

„Um Gottes Willen, das ist unmöglich. Da kann keiner wohnen. Es ist seit zehn Jahren unbewohnt. Unser alter Knecht ...“

Sie zählte auf: „Die Fensterscheiben sind kaputt. Es ist voll Abfall und Dreck. Es gibt Mäuse und anderes Ungeziefer. Und ...“

„Aber das Dach scheint dicht zu sein“, wandte Jettchen ein, „und das Fachwerk ist wohl auch in Ordnung.“

Die junge Bäuerin trat hinzu. „Glauben Sie mir, es geht wirklich nicht. Da drin ist alles verkommen. Ein alter Mann hat da alleine gewohnt. Ich ekle mich, nur hineinzugehen. Es ist alles noch so, wie es bei seinem Tod war. Wir haben ihn da aus Gnade und Barmherzigkeit ...“

Die alte Frau unterbrach ihre Schwiegertochter: „Glauben Sie mir“, sie sah an ihrer schweren schwarzen Tracht hinunter und dann abwägend auf die schlanken Stadtfrauen in ihren leichten Sommerkleidern, die gerade mal die Knie bedeckten, „glauben Sie mir, das ist nichts für Sie.“

„Wir sind arbeiten gewohnt. Was wir brauchen, sind ein Mietvertrag, eine Schubkarre und ein bisschen Werkzeug", Mariechen ließ nicht locker.

„Glas, Tapeten und Farbe gibt es auf Bezugschein", Jettchen dachte schon praktisch weiter.

„Was haben Sie zu verlieren", setzte Mariechen nach. „Es kostet Sie nichts. Sie bekommen Miete und das Haus wird gepflegt. Also?"

„Setzen Sie sich doch", bat die Bäuerin die beiden Frauen vom Flur in die geräumige Küche. „Sie sind aber hartnäckig", das klang durchaus anerkennend wenn auch zweifelnd.

„Also gut, versuchen Sie es. Aber Miete will ich dafür nicht haben. Ich müsste mich ja vor den Nachbarn schämen."

„Danke. Aber wir wollen nichts geschenkt. Machen wir also einen Mietvertrag."

„Das können Sie nicht. Das geht wirklich nicht", jammerte die junge Bäuerin. Die Altbäuerin warf ihr einen ärgerlichen Blick zu.

„Oh, doch, wir können", erklärten die Schwestern fröhlich unisono.

Jetzt erst wurde ihnen bewusst, dass am Ende des großen Tisches ein junger Mann saß, der geistesabwesend die Tischplatte anstarrte.

„Das ist Josef, unser französischer Kriegsgefangener. Ab und zu ist sein Heimweh so stark, dass er nicht arbeiten und reden kann. Aber er ist ein guter Junge und …", hier schluckte sie, „und er macht die Arbeit des Bauern, während mein Sohn, der Bauer, in Russland …" Eine Zeit lang herrschte Schweigen.

Jettchen seufzte: „Mein Mann ist in Russland schwer verwundet worden. Und wahrscheinlich schicken sie ihn wieder hin."

„Mein Mann ist schwer krank aus Russland zurückgekommen. Er macht jetzt seinen Dienst als Lokführer in Duisburg", murmelte Mariechen.

Die dicke junge Bäuerin wischte mit ihrer Schürze die Tränen vom Gesicht. Der Abschied verlief wortkarg.

Auf dem Bürgermeisteramt ernteten die Schwestern ungläubiges Kopfschütteln und mittleidige Blicke, als sie ihr Vorhaben erklärten. Ihre Beharrlichkeit siegte schließlich, und sie bekamen die nötigen Bezugscheine für Fensterscheiben, Farben, Holzleisten und Fensterkitt.

Sie besorgten sich eine Schubkarre und Schaufeln. Mit Kopftüchern und Kittelschürzen ‚verkleidet' fingen sie an, das ‚Hexenhäuschen', so nannten es die Kinder, zu entrümpeln.

Einige Jahre später, nach Kriegsende, behaupteten Mariechen und Jettchen, als die Trümmerfrauen in Kopftüchern und Kittelschürzen die Straßen vom Schutt freiräumten, sie hätten die ‚Mode' und die Tätigkeiten vorweggenommen.

Sie nahmen zunächst den Kampf auf gegen zerfallenes Stroh, beschmutzte Männerunterhosen, befleckte Matratzen und Mäusedreck und gegen gigantische Spinnennetze, die nur noch diffuses Licht durch die kleinen Fenster ließen.

Sie schichteten alles auf einen Haufen und verbrannten die traurige Hinterlassenschaft. Der kleine Erich und Ingrid waren fasziniert. Sie wollten unbedingt helfen und waren kaum zu verscheuchen. Sie schienen nicht müde zu werden. Ihre Mütter aber konnten sich abends kaum noch aufrecht halten. Sie schleppten Wasser, schrubbten die glücklichen, verschmutzten Kinder, wuschen sich gegenseitig die Haare, badeten und fielen todmüde ins Bett.

„Fällt Dir auch was auf, Mariechen?"

„Und ob. Wie viele Leute auf einmal hier oben den Weg nehmen müssen!"

„Ob die alle plötzlich hier ihre Felder haben, nach denen sie sehen müssen?"

„Und Frauen mit Körben. Ich könnte wetten, die Körbe sind leer, wenn sie hier hochgehen."

„Und die sind genauso leer, wenn sie zurückkommen."

„Und die verstohlenen Blicke, wenn sie glauben, wir merken es nicht."

„Und wie sie wegschauen, wenn sie sich ertappt fühlen."

„Die warten nur darauf, dass die Stadtfrauen aufgeben und sich lächerlich machen."

„Da können sie lange warten."

„Da können sie verdammt lange warten."

Erichs kleine Stimme klang empört: „Mutti, die Tante Ria hat verdammt gesagt. Darf die das?"

„Jetzt nicht, Erich. Später."

„Aber verdammt darf man doch nicht sagen."

„Der Junge hat recht. Aber die Dorfleute sollen nicht recht behalten. Und von jetzt an grüße ich jeden auffallend laut und freundlich, der hier vorbeigeht."

„Machen wir", stimmte die Mutter des aufmerksamen Erichs zu.

In die drei Zimmerchen im Obergeschoss führte eine steinerne ausgetretene Außentreppe. Der kleine ebenerdige Stall darunter war so niedrig, dass die zwei zierlichen Frauen fast die Decke berührten. „Hier konnte ja nur in gebückter Haltung ausgemistet werden", wunderte sich Jettchen.

Nachdem der gröbste Unrat weggeschafft war und Licht durch die spinnwebfreien Fenster fiel, sahen sie sich aufmerksam um.

„Wir waren vielleicht leichtsinnig", Mariechen schüttelte den Kopf: „Wir konnten kaum etwas sehen und haben hier herumgefuhrwerkt, ohne zu wissen, ob die Fußböden nicht durchgefault waren."

„Wir hätten leicht unten im Stall landen und uns die Knochen brechen können“, ergänzte Jettchen beklommen.

„Wenigstens wären wir bei der Deckenhöhe nicht allzu tief gefallen“, stellte die Schwester trocken fest.

„Großartig ist das hier alles nicht gerade.“ Jettchen hockte sich auf den Boden und schaute sich ernüchtert um.

„Was ist schon großartig in unserem Leben?“, Mariechen setzte sich müde neben sie.

Sie schwiegen.

Durch die zerbrochenen Scheiben klangen die fröhlichen Stimmen ihrer Kinder herein.

„Quatsch“, Mariechen sprang auf, „was reden wir denn da. Wir haben ein Haus, das heißt, Du hast ein Haus und ein Dach über dem Kopf. Das Dach ist sogar dicht. Und wenn Dein Erich Urlaub kriegt, bist Du Dein eigener Herr, seid Ihr hier für Euch, Ihr und euer Kind. Ist das nichts?“

„Du hast recht. Machen wir weiter.“

Und sie machten weiter. Sie quetschten sich mit dem kostbaren, auf den Bezugscheinen in Hersfeld erstandenem Material in den überfüllten Bus.

Sie verputzten die Schadstellen in den Wänden, bemerkten verwundert, dass der ursprüngliche Verputz aus Lehm und zerkleinertem Stroh bestand. Sie verstopften und verschmierten die vielen Mäuselöcher. Sie strichen die Wände weiß an. Sie lösten mit Hammer und Meißel die zerbrochenen Fensterscheiben aus dem teils zerbröselndem, teils steinhartem alten Kitt. Sie setzten die neuen Scheiben ein. Durch die neuen sauberen Fensterscheiben fiel das Licht des Sommers.

Der alte, gebrechliche Schreinermeister kontrollierte Fußböden und Treppenstufen. Er musste nur wenig ausbessern. Er wollte kein Geld, Zigaretten und eine Flasche Schnaps waren ihm lieber.

Und als sie zum wievielten Male geputzt und geschrubbt hatten, sahen sie sich um und zogen Bilanz:

Der Kamin zog. Das elektrische Licht funktionierte. Die Wasserleitung im Stall war intakt. Das Plumpsklo ebenso.

Und sie hatten sich den Respekt des ganzen Dorfes verdient. Aber es regten sich bereits Begehrlichkeiten.

Dann kamen Jettchens Möbel, die Bruder Kasper unter Lebensgefahr gerettet hatte, im Hexenhäuschen an. Trotz strenger Bewirtschaftung von kriegswichtigen Transportmöglichkeiten war es Schwager Hugo gelungen, einen Eisenbahnwaggon von Duisburg nach Hersfeld zu organisieren, den Kollegen und der Uniform sei Dank!

Mit Überredungskunst, Zigaretten und dem dezenten Hinweis auf den schwerverwundeten Ehemann hatte Jettchen den Transport des kostbaren Gutes von Hersfeld bis ins Dorf bewerkstelligt.

Möbel auseinandernehmen, wieder zusammensetzen, schleppen, transportieren, alles kein Problem für die beiden Schwestern. Bis auf den Kleiderschrank.

Da hatten sie nun alles, die beiden Betten, die Nachtschränkchen und die Frisierkommode knapp in dem kleinen Raum untergebracht. Bis auf den Kleiderschrank.

Eigentlich war da doch noch Platz für das mehrtürige eichene Prachtstück. Eigentlich, wenn da der Deckenbalken nicht wäre!

„Aber ich brauche ihn doch nötig."

„Jettchen, stell Dich nicht an. Der Schrank war monatelang im Lager in Duisburg. Und Du bist ohne ausgekommen!"

„Aber jetzt ist er wieder da! Das komplette Schlafzimmer!"

„Verdammt, Henriette Haar, geborene König! Du hast Sorgen! Verdammt, hör‘ auf zu jammern! Jetzt kann ich wenigstens ‚verdammt‘ sagen, wo Dein Sohn nicht zuhört!“

Sie mussten lachen und glaubten, nicht mehr aufhören zu können. Sie japsten nach Luft und beruhigten sich langsam.

„Aber ich brauche ihn wirklich“, beharrte Jettchen und schien schon wieder den Tränen nahe.

„Gib mir die Axt!“

„Was hast Du vor, Mariechen?“

„Ich sagte, gib mir die Axt!“

Eingeschüchtert brachte sie das Gewünschte. „Ich kenne Dich manchmal nicht wieder. Du bist dann so anders.“

„Der Unterschied ist“, belehrte Mariechen die Schwester, „der Unterschied ist, Du bist mit Erich und ich bin mit Hugo verheiratet, seit fünfzehn Jahren. Mit Hugo.“

Fassungslos und verängstigt sah Jettchen, dass die Schwester dem sperrigen Balken mit der Axt zuleibe ging. „Oh, Gott“, flüsterte sie, „wenn nur nicht das Haus einstürzt.“

„Willst Du nun Deinen Schrank oder willst Du ihn nicht?“ und Mariechen hieb weiter auf den störenden Vorsprung ein. Große Brocken fielen herunter. Vor lauter Staub konnten sie kaum noch sehen. Als sich der Staub ein wenig verzogen hatte und Jettchen einen bangen Blick nach oben warf, sah sie einen von dickem Verputz freigelegten Balken.

„So liebe Schwester, jetzt können wir Deinen verdammten Schrank aufstellen. Es müsste langen.“

„Aber vorher muss geputzt werden.“

„Sie hat recht, aber ich glaube inzwischen fast, sie liebt putzen und scheuern“, dachte Mariechen.

Es langte. Es ging um Zentimeter. Sie stemmten das schwere Schrankdach und schoben es zentimeterweise auf den Schranktorso.

Geschafft. Jettchen schaute sich zufrieden um: „Alles da."

Nachdenklich betrachtete Mariechen die jüngere Schwester: „Sie erreicht eigentlich immer, was sie will. Ich glaube, sie ist auf ihre Art intelligenter, als wir alle glauben."

„Erich, so kannst Du Dich nicht an die Front schicken lassen." Hugo hatte einige Tage Urlaub und so trafen sich die Schwäger zufällig bei ihren Familien im hessischen Dorf. Erichs Zeit in der ‚Genesungskompanie' war abgelaufen, sein Urlaub, bevor er wieder an die Front musste, in wenigen Tagen auch.

„Was soll ich machen. Sie haben mich ‚KV' geschrieben."

„Dein Hüftgelenk ist steif. Du gehst am Stock, den Hügel hier kommst Du kaum hoch!"

„Der Stabsarzt hat mir den Stock weggenommen und hat mich angeschrien, ich bräuchte keinen Stock mehr."

„Aber das ist unmöglich, so kannst Du nicht einmal vor den Russen davonlaufen."

„Die wollen ja auch nicht, dass wir davonlaufen. Und die Aktion ‚Heldenklau' nimmt 1944 jeden, der noch kriechen kann. Glaub' mir, einige sind noch schlechter dran als ich, und die wurden auch ‚KV' geschrieben."

Hugo ballte wütend die Fäuste: „Mit mir würden sie das nicht machen. Ich würde einknicken, stolpern, fallen, irgendwas! Du musst Dich wehren!"

„Wegen ‚Wehrdienstverweigerung' sind schon welche an die Wand gestellt worden, als abschreckendes Beispiel."

„Ärzte, die einen wie Dich ‚kriegsverwendungsfähig' finden, sind Schweine, dreckige Schweinehunde!"

„Man sagt, sie haben feste Quoten. Sie müssen eine bestimmte Prozentzahl von Verwundeten KV schreiben."

„Die müssten selbst einmal an die Front und …" brauste Hugo auf. Erich legte die Finger auf die Lippen. Er flüsterte fast: „Jettchen weint, wenn sie glaubt, dass ich es nicht merke."

Und nach einer Pause: „Wenn es denn sein muss, wird sie schon mit dem Kind durchkommen, irgendwie …" und etwas hoffnungsvoller: „und vielleicht, wenn alles vorbei ist, hole ich beide hier am Hexenhäuschen ab, und wir gehen zusammen zurück nach Duisburg, … zurück nach Duisburg."

Mariechen sah die rotgeweinten Augen der Schwester: „Nimm Dich zusammen, bitte. Du machst es ihm nicht leichter, wenn er Dich weinen sieht."

„Ich halte es nicht mehr aus. Er spielt mit dem Kleinen. Er schwenkt mich wie in alten Tagen herum, soweit es sein steifes Bein zulässt, und er lacht, …und weißt Du was er sagt? Er sagt: ‚Wenn ich einen kalten Arsch kriegen soll, kriege ich einen kalten Arsch.'"

Gegen ihre Überzeugung versicherte Mariechen: „Der Krieg ist bald aus. Er kommt bestimmt wieder."

„Krieg“ im Hexenhaus

Der kleine Erich beobachtete aufmerksam jede Miene und jede Bewegung seines Onkels.

Der Onkel schlich, ab und zu verhaltend und einzelne Gegenstände fixierend, durch den Raum. Er wandte sich zu seiner Frau: „Was meinst Du, Mariechen, können wir vielleicht den Stuhl da brauchen?“

„Nein!“, schrie Erich, „das ist unser Stuhl, den kriegst Du nicht.“ Er stürzte sich auf den Stuhl und klammerte sich daran fest.

Mariechen warf ihrem Mann einen mahnenden Blick zu. Unbeeindruckt nahm Hugo das Sofa ins Visier. „Und wie denkst Du über das Sofa, würde doch gut bei uns passen!“

Erich ließ den Stuhl los, stürzte zu dem Sofa und kletterte trotz seiner kurzen Beine behende auf das Objekt von Onkel Hugos offensichtlicher Begierde.

„Das ist unser Sofa, das kriegst Du auch nicht“, fauchte er, „das gehört uns, gehört uns allein!“

„Na dann“, Hugo legte nachdenkend den Finger an die Nase, „na dann muss ich mir was anderes einfallen lassen.“ Grübelnd verhielt er in dem kleinen Raum. Erich fixierte ihn. Er fühlte sich bereits als Sieger!

„Du kriegst nichts, gar nichts!“

Hugo gab sich einen Ruck und machte zielbewusst einen Schritt auf den Wohnküchenschrank zu.

„Hugo“, mahnten ‚Tante Ria‘ und Erichs Mutter, und noch einmal „Hugo“, obwohl sie sich das Lachen kaum verbeißen konnten.

„Den Schrank, den schönen Schrank, den sollten wir mitnehmen, was meinst Du, Mariechen?“

Im Nu rutschte Erich vom Sofa und stellte sich vor den Schrank. Mit ausgebreiteten Armen und aufgerecktem Hals war er todesmutig bereit, das teure Stück zu verteidigen.

„Wie ein wütender Zwerghahn“, dachte Mariechen sich abwendend, um ihr Lachen zu verbergen.

„Jetzt ist es aber genug, Hugo, Du siehst doch, gegen Erich kommst Du nicht an“, beschwor Mariechen ihren Mann, „lass uns gehen.“

„Tante Ria hat gesagt, Du sollst gehen“, triumphierte der Verteidiger seiner Besitztümer.

„Das hast Du fein gemacht“, lobte ihn seine stolze Mutter, „der Onkel Hugo versucht das sicher nicht noch einmal.“

Erichs Gesichtsausdruck schwankte zwischen Genugtuung und Enttäuschung.

„Er soll aber wiederkommen“, krähte der Knirps empört. Das fehlte gerade noch, dass der vergötterte Onkel einfach wegblieb!

Als Mariechen und Hugo das ‚Hexenhaus‘ verließen, durften sie endlich ihrer Lachlust freien Lauf lassen.

Ein kleines Fenster öffnete sich über ihnen. Erichs rundes Gesicht füllte fast den Rahmen. „Komm‘ bloß nicht wieder, Onkel Hugo“, schrie er so laut er konnte. Er hob drohend eine Axt. Seine Mutter hatte Mühe, sie ihm zu entwinden.

Das Telegramm

„Mariechen, wo ist eigentlich Jettchen?" Schwester Grete war aus Eisenach zu Besuch gekommen.

„Sie ist mal eben ins Dorf hinunter, sie müsste bald wiederkommen."

„So, so. Eben ins Dorf. Dann wird es dauern, bis sie zurückkommt", stellte Grete trocken fest. Sie schaute aus dem kleinen Fenster: „Wie ich sagte, das dauert. Im Augenblick hält sie Vertellekes mit der Nachbarin vier Häuser weiter. Bis sie bis hier durch ist, dauert das noch etwas." Und amüsiert fügte sie hinzu: „Uns Jettchen ist eine richtige Dorfschöne geworden."

„Ich weiß auch nicht, wie sie das anstellt", wunderte sich Mariechen. „Ich lebe hier schon länger, aber außer einem freundlichen Grüßen und ein paar Worten habe ich keinen näheren Kontakt. Aber Jettchen kennt jeden im Dorf, und alle kennen sie. Sie weiß, was die Leute beschäftigt, fragt nach dem Befinden von Familienmitgliedern, kennt sogar das Datum der letzten Feldpostbriefe und so weiter. Und die sturen Nordhessen reden und erzählen wie die Rheinländer."

„Sie bringt eben die Leute zum Reden, das ist auch ein Talent."

„Und was für eins", lachte Mariechen. „Das Talent zahlt sich aus. Die Türen öffnen sich vor Erich, und der Kleine kommt wieder heraus, die Fäuste voller Schmandkuchen. Meiner Ingrid passiert das selten. Und auch Jettchen kriegt so manches zugesteckt, hier ein paar Eier, dort ein Stückchen Hartwurst oder Speck. Wir hungern zwar nicht, aber hin und wieder etwas Zusätzliches ist nicht zu verachten. Die Bauern haben eben alles. Sie leben besser als vor dem Krieg."

„Sie muss bald hier sein", beobachtete Gretchen, „sie war schon bei der letzten Nachbarin, die vor dem Haus arbeitet."

Bedrückt schlich Jettchen herein: „Die Küsters haben auch seit Wochen keine Nachricht von ihrem Sohn."

„Keine Nachricht muss keine schlechte Nachricht sein", versuchte Gretchen sie aufzumuntern. „Auf dem Rückzug funktioniert die Feldpost nicht reibungslos. Eine Nachbarin in Eisenach bekam fünf Briefe auf einmal."

„Wirklich?" Hoffnungsvoll klang das nicht.

Die Schwestern nickten eifrig. Zu mehr waren sie nicht fähig. Der Vorrat an Zuversicht war aufgebraucht.

Die kleine schwarzgekleidete Kriegerwitwe wandte den Kopf ab, als sie Jettchen das Telegramm gab. Dann lief sie fluchtartig davon. Jettchen las:

Gefreiter Erich Haar verwundet. Kommen dringend erwünscht.

Als Adresse war ein Lazarett in Oppeln angegeben.

Jettchen war ruhig, wie versteinert. „Wo ist eigentlich Oppeln?" fragte sie. Mariechen überlegte: „In Schlesien, glaube ich. Irgendwo hinter Breslau."

„Ich fahre."

„Ich fahre mit."

„Und die Kinder?"

„Ich halte die Große aus der Schule."

„Geht das?"

„Auf eine Englisch- oder Französicharbeit mehr oder weniger kommt es jetzt nicht an."

Sie packten eine Tasche mit dem Nötigsten. Große Auswahl gab es 1944 nach fünf Kriegsjahren nicht.

Nach zwanzig Stunden erreichten sie Oppeln – trotz überfüllter

Züge, fehlender Anschlüsse, trotz Bombenangriffen auf strategisch wichtige Bahnhöfe und Tieffliegerattacken auf fahrende Züge. Hotels und Pensionen waren mit Verwundeten belegt. Sie fanden eine private Unterkunft. Als sie nach der Adresse des angegebenen Lazaretts fragten, reagierte die freundliche Wohnungsinhaberin einsilbig.

Im Lazarett empfing sie ein Arzt. „Meine Damen, alle diese Männer hier haben Gasbrand. Alle werden sehr bald sterben. Ich weiß das. Die Männer wissen das, und jetzt wissen Sie es auch. Sollten Sie in deren Gegenwart auch nur eine einzige Träne vergießen, lasse ich Sie ohne Zögern hinausbefördern. Das Letzte, was ich diesen Männern in ihren letzten Stunden antun will, sind weinende Frauen."

Er machte eine Pause. „Haben wir uns verstanden?"

Beide Schwestern nickten. „Ich verlasse mich auf Sie." Er drückte jeder die Hand und wandte sich abrupt um.

Riesengroße Augen in einem mageren Gesicht starrten ihnen ungläubig entgegen: „Jettchen, Du – und Mariechen – wie habt Ihr bloß …? Jettchen sah, wie Erich die Zähne zusammenbiss, seine Kiefer mahlten.

Sie küsste ihm auf die rechte Wange. Auf der linken klebte ein großes Pflaster.

Erich berichtete.

Sie waren auf dem Rückzug. Es war kein Rückzug, es war eine regellose Flucht. Die Russen rückten unaufhaltsam vor, unterstützt von schwerem Artilleriefeuer. Die deutsche Front war vollkommen zusammengebrochen. Es gab kaum noch Verpflegung, die Munition war knapp. Es gab keine Artillerieunterstützung, keinen deutschen Panzereinsatz.

Sie hatten dem Ansturm der Russen nichts entgegenzusetzen. Die einzige Chance war die Flucht.

„Das sind also die Frontbegradigungen, die sie täglich im Wehrmachtsbericht als Sieges- und Sondermeldungen heraustrompeten", dachte Mariechen.

„Frontbegradigungen als Voraussetzung für neue Angriffe, für den Endsieg."

Sie merkte erst, dass sie laut gedacht hatte, als höhnisches Lachen aus den anderen Betten erklang.

Jettchen wischte Erich den Schweiß von der Stirn. Er fuhr fort.

Die Granatsplitter hatten ihn zwar am ganzen Körper getroffen, nicht lebensgefährlich, nur Fleischwunden. Aber sie mussten zurück.

Ein Kopf hob sich aus einem der Betten, bitter lachend: „Vorwärts, Kameraden, wir müssen zurück!" Erich achtete nicht darauf. Er war wieder in Russland.

Sie mussten zurück, laufen, rennen, um Anschluss an einen Truppenverband zu bekommen. Und Erich konnte nicht rennen, nicht einmal laufen.

Er hielt inne, schloss erschöpft die Augen. Jettchen hielt seine Hand fest. Sie wünschte sich verzweifelt, er möge ohnmächtig werden und ein gnädiger Gott lösche sein Erinnerungsvermögen aus.

Aber er öffnete die Augen wieder. Er schien durch sie hindurchzusehen.

„Kameraden, lasst mich nicht zurück, oder erschießt mich gleich, bevor es die Russen tun."

Es wurde berichtet, dass die russischen Fronttruppen häufig keine Gefangenen machten. Gefangene hielten schließlich den Vormarsch auf, mussten zurückgeschafft und versorgt werden. Es war schwer genug für die russische Armee, die eigenen Truppen ausreichend zu versorgen. Gesunde Gefangene machten Probleme. Verwundete noch mehr.

Die Russen waren oft nicht in der Lage, ihre eigenen Verwundeten zu versorgen. Ihre Lazarette konnten dem Vormarsch der Truppen kaum folgen.

Verwundete Gefangene? Genfer Konvention?

Die deutschen Soldaten glaubten, es besser zu wissen.

„Kameraden, lasst mich nicht zurück, nehmt mich bitte mit!" Erich bäumte sich in dem sauberen Bett auf. Jettchen umklammerte seine Hand.

Die Kameraden hatten ihn nicht zurückgelassen. Sie fanden einen Panjewagen und ein struppiges Pferdchen und verbanden mit ihren letzten Verbandspäckchen notdürftig seine Wunden. Sie legten Erich auf den offenen Wagen und trieben das Pferdchen an.

Bei Angriffen warfen sie sich unter den Wagen. Erich lag offen und schutzlos da. Er glaubte den Tieffliegerpiloten in die Augen sehen zu können.

Ihr Ziel war der nächste Verbandsplatz.

Wann immer sie glaubten, einen erreicht zu haben, war er gerade im Rahmen einer ‚Frontbegradigung' aufgelöst worden. Die erste fachgerechte ärztliche Versorgung bekam Erich in Oppeln. Die Ärzten lösten die stinkenden Verbände, aus denen Maden krochen. Sie schnitten Uniformfetzen aus eiternden Wunden. Sie amputierten das ‚gesunde Bein', das nicht durch die erste Verwundung geschädigt war.

Er überlebte die Amputation. Dem Gasbrand, der seinen Körper vergiftete, hatten sie nichts entgegenzusetzen.

Es waren doch nur Splitterwunden, Fleischwunden gewesen!

„Ich hätte gar nicht weinen können."

„Ich auch nicht, ich bin noch ganz starr vor lauter Entsetzen."

Wie betäubt sanken die Schwestern am Abend in die Betten.

Sie wussten, die nächsten Tage würden nicht leichter werden.

Der Schornsteinfegermeister aus Köln wünschte sich so sehr, seine Frau noch einmal zu sehen. „Sie kommt bestimmt, sie schafft es“, Mariechen wischte ihm den Schweiß von der Stirn.

Er starb. Seine Frau erreichte Oppeln einen Tag später. Von Köln aus war es noch schwieriger gewesen, sich durchzuschlagen, als von Hersfeld.

Eine militärische Abordnung verteilte Eiserne Kreuze. Sie legten sie auf den Betten ab. Eisige Blicke folgten ihnen.

„Morituri vos salutant“, klang es höhnisch aus einem der Betten.

Mit einem scheppernden Geräusch landete eine Auszeichnung auf dem Fußboden. Die anwesende Rote-Kreuz-Schwester bückte sich hastig und steckte den Orden in ihre Schürzentasche.

Die militärische Abordnung trat einen frontbegradigenden Rückzug an.

„Hast Du verstanden, was er gesagt hat?“, fragte Jettchen ihre Schwester.

„Es war Latein, so viel ich weiß. Und ich glaube auch, ich weiß, was er und wie er es gemeint hat.“

„Wollen Sie verreisen?“, die Schwestern zeigten auf die gepackten Koffer. „Ich gehe weg“, antwortete die Wohnungsinhaberin. Und als sie die Fragen in ihren Gesichtern las, ergänzte sie: „Ich gehe, bevor es zu spät ist.“

„Zu spät wofür?“

„Zu spät zum Flüchten.“

„Sie wollen alles hier im Stich lassen, die Wohnung, die Möbel, ihre Heimat?“

„Heimat, welche Heimat? Die Russen werden kommen, gnade uns Gott. Die Polen werden kommen, was vielleicht noch schlimmer ist. Ich warte nicht, bis sie Jagd auf uns machen und uns vertreiben."

„Aber …, aber …,wohin wollen Sie gehen?"

„Nach Westen, egal wohin. Egal, ob die Städte da zerbombt und die Flüchtlingsströme auf dem Land vielleicht nicht willkommen sind. Alles ist besser als das, was uns hier erwartet. Mein Mann ist in englischer Gefangenschaft."

„Ich kann mich noch so oft waschen, es hilft nicht."

„Mir geht es ebenso, der Geruch sitzt nicht nur in den Kleidern und Haaren. Er kommt aus mir heraus, aus allen Poren."

„Es ist dieser Geruch von Desinfektionsmitteln und Krankheit …"

„Von … von Fäulnis …"

„Von Verwesung und Tod."

Sie atmeten ihn im Lazarett ein. Er durchdrang alles. Sie würden ihn ihr Leben lang nicht vergessen.

Erich starb drei Tage nach ihrem Eintreffen. Er wurde wenige Stunden nach seinem Tod in Oppeln begraben.

Der Glückspilz

„Kasper, Kasper“, schrie Mariechen als ein Nachbarsjunge die Mädchen mutwillig beim Spielen störte und die Schwester an den Zöpfen zog. Weil Kasper kleiner als der Angreifer war, sprang er ihm auf den Rücken, umklammerte mit einem Arm dessen Hals und drosch mit der freien Faust auf Kopf und Nacken des Überraschten ein. Dem gelang es nur mühsam Kasper abzuschütteln. Der Störenfried trollte sich, Kasper wandte sich wieder seinen Spielgefährten zu. „So ein kleiner Satan.“ Die Mutter war auf Mariechens Geschrei ans Fenster geeilt. Sie lächelte. Sie lächelte selten.

Bruder Karl würde niemals eingreifen, um seine Schwester zu verteidigen. In ähnlichen Situationen pflegte er, die Hände in den Taschen, gleichmütig zuzusehen und sich unbeteiligt abzuwenden. „Kinder sind verschieden, sehr verschieden“, seufzte sie.

Kasper schlenderte mit Freunden zum Rhein. Sie wollten baden. „Heute schwimm‘ ich rüber“, verkündete er. Kasper war ein guter Schwimmer. „Wenn ihr Euch nicht traut.“

Das wollten die andern nicht auf sich sitzen lassen. In ihrem Unterzeug sprangen sie ins Wasser.

„Wo ist Kasper eigentlich?“ Vor lauter Arbeit hatte die Mutter ihn seit Stunden aus den Augen verloren. Normalerweise tauchten die Kinder in regelmäßigen Abständen hungrig auf, um mit Margarinebroten wieder zu verschwinden. Im Kriegsjahr 1916 brauchten sie noch nicht zu hungern.

Kaspers Freunde drückten sich betreten zur Tür herein, Kaspers Hemd, Hose und Schuhe in den Händen.

„Wo ist Kasper?“ fuhr sie die Jungen an. Sie hörte ihre Worte, aber es war nicht ihre Stimme.

„Was ist mit Kasper?“ Sie schüttelte es förmlich aus ihnen heraus. Sie hatten schon lange auf die andere Seite schwimmen wollen. Und heute sei so schönes Wetter gewesen. Dass man so abgetrieben wird, hatten sie nicht gewusst. In Baerl seien sie schließlich ausgekommen, und nass wie sie waren im Unterzeug nach Homberg getrabt.

Irgendwie hatten sie sich über die Brücke gemogelt. Sie hatten schließlich kein Brückengeld. Bis Laar war es dann nicht mehr weit. „Und was ist mit Kasper“, flüsterte sie jetzt tonlos. Hilflos und schuldbewusst standen sie da mit hängenden Köpfen. „Im Wasser war er auf einmal nicht mehr da.“

„Meine Sachen sind weg, jemand hat meine Sachen geklaut“, wütend platzte der Vermisste herein, sah die Freunde, er stutzte, sein Blick fiel auf seine Kleidung auf dem Küchenstuhl. „Das gibt Ärger“, war ihm klar. Die Freunde verdrückten sich unauffällig. Die Mutter sah seine bläulich anlaufenden Lippen, schälte ihn aus dem nassen Unterzeug und packte ihn mit einem heißen Ziegelstein ins Bett.

„Wozu die Aufregung“, fand er später. Er war eben etwas weiter als die anderen abgetrieben worden, hatte sich wie sie auf den Heimweg gemacht. Ach ja, und die Brücke hatte er zwischen den Rädern eines Pferdefuhrwerks überquert. „Trab, trab, trab, genau wie die Pferde.“ Die angekündigte Tracht Prügel blieb aus.

Bei Königs wurden keine Kinder verprügelt. Der Mutter rutschte vielleicht einmal im Eifer des Gefechts die Hand zu einem schnellen Klaps aus. Und Vater Karl wies körperliche Strafaktionen weit von sich.

„Das fehlt gerade noch. Da seh‘ ich die Kinder immer nur kurze Zeit und dann sollte ich sie verhauen?“

„Und ich soll mich noch abends bei dem Mann, der schwer gearbeitet hat, über die Kinder beklagen?“

Lisa regelte das mit der Erziehung. Sofort und konsequent. Und Karl war sehr zufrieden, dass sie es regelte.

Eine Horde Jungen hatte sich am Fuß der Brücke, die zwischen Laar und Ruhrort ein Hafenbecken, das sogenannte Bassin, überspannte, eingefunden. Alle starrten gebannt auf einen der Brückenbögen. Ein gutgekleideter älterer Herr trat interessiert näher. Als er sah, was die Jungen beobachteten, stockte ihm der Atem. Auf dem höchsten Punkt des Brückenbogens bewegte sich etwas, ein Mensch, offensichtlich ein Junge. Jetzt rutschte er langsam auf dem Bauch den abfallenden Teil des stählernen Bogens hinunter. Die Spannung der Zuschauer, die sich inzwischen angesammelt hatten, löste sich. Die Jungen johlten, schrien wild durcheinander, es wurde applaudiert. Der gutgekleidete Herr schob die Gaffer zur Seite, ergriff den Gefeierten und verpasste ihm zwei saftige Ohrfeigen! „Kasper König, Du meldest Dich morgen in der Schule beim Rektor.“

„Kasper war heute mit einem Mädchen hier!“

„Gab auch höchste Zeit, dass Mama den Letzten los wird!“

„Aber beim Letzten ist es vielleicht doch nicht so leicht.“

„Ach, Mama ist viel zu vernünftig. Das ist eben der Lauf der Welt.“

„Ich habe mich sowieso gewundert, dass Kasper sich mit Mädchen so schwer tat. Wo er doch sonst so ein Draufgänger ist.“

„Das war er aber mehr als Junge.“

„Nun sag schon, Jettchen, wie ist sie?“ Jettchen war als einzige der Schwestern zu Hause gewesen, als Kasper seine Auserwählte präsentiert hatte.

„Ganz nett,“ setzte Jettchen an.

„Ganz nett, ganz nett. Wie sieht sie aus?“

Jettchen überlegte: „Also, ziemlich klein, wie wir. Hellbraune etwas dünne Haare, ein hübsches Gesicht …“

„Und weiter …“ „Schmale Schultern, wenig Busen, aber die kriegt mal einen ordentlichen Hintern, das kann man jetzt schon sehen. Und ja, sie heißt Maria.“

Der ‚Heldenklau‘ hatte Ende 1943 auch Kasper nicht verschont. Obwohl er einen kriegswichtigen Beruf hatte, fand der Heldenklau, dass Ostarbeiter die gleiche Arbeit machen konnten – bei sehr viel sparsamerer Verpflegung. Kasper wurde Soldat. In der letzten Phase des Krieges genügte eine kurze Ausbildung, um die Lücken an der Ostfront auszufüllen.

Es klingelte. Maria öffnete. „Kasper, um Gottes Willen, wo kommst Du her, bist Du …?“ „Ich bin nicht abgehauen, wenn Du das meinst.“ Er umarmte sie hastig.

„Hol‘ meine Geige. Ist mein Frack in Ordnung?“

„Deine Geige, Dein Frack? Wieso …?“ stotterte Maria.

Kaspers Einheit stand der unmittelbare Einsatz in Russland bevor. Vor einigen Stunden war eine Ordonnanz in der Kaserne aufgetaucht und hatte gefragt, wer von dem ‚Kanonenfutter‘, wie sie sich nannten, ein Instrument spiele. Kasper hatte sich gemeldet.

„Welches Instrument,“ schnarrte der Geschniegelte.

„Geige, zu Befehl.“

„Notenkenntnisse?"

„Konservatiorium Duisburg, zu Befehl."

„Geige und Frack vorhanden?"

„Geige und Frack vorhanden, zu Befehl."

„Mitkommen", hatte es geheißen. Und nun stieg er mit seiner Künstlerausrüstung in einen Ordonnanzwagen und entschwand. Maria starrte der Benzinwolke nach.

Nachdenklich blieb sie zurück, nachdem der Ordonnanzwagen mit Fahrer, Offizier und ihrem Mann außer Sichtweite war.

„Wenn das nur gut geht." Schließlich hatte Kasper seit Jahren nicht mehr Geige gespielt. Es stimmte, dass er am Konservatorium Duisburg Geigenstunden gehabt hatte. Aber das war lange her. Er selbst hatte nie so recht verstanden, warum sein Vater glaubte, sein Sohn Kasper sei musikalisch und müsse gefördert werden. Kasper genoss als Jüngster immer eine gewisse Sonderstellung in der Familie. Die Älteren standen auf eigenen Beinen oder brachten Geld nach Hause. Die Not war nicht mehr so groß gewesen. Kasper durfte auch als einziger eine Lehre als Dreher machen. Er musste nicht wie die anderen schon mit vierzehn Jahren zum Familieneinkommen beitragen. Kasper hatte ohne große Begeisterung, aber auch ohne Widerwillen, Geigenstunden und Übungen absolviert.

Später, Maria erinnerte sich, überredeten junge Männer aus der Nachbarschaft Kasper, ihre Kapelle zu verstärken. Sie hatten sich das Spielen auf ihren Instrumenten selbst beigebracht.

„Einmal und nie wieder. Die spielen nach Gefühl. Ich spiele nach Noten", hatte Kasper entnervt das Handtuch geworfen. Und nun war Kasper unterwegs, um mit Leuten zu spielen, die Noten kannten. „Er wird das hinkriegen", Maria war jetzt ganz sicher.

Kasper spielte mit anderen Musikern zu einem Offiziersball auf. Seine Einheit verließ ohne ihn die Kaserne in Richtung Ostfront. Er nahm am Rückzug der deutschen Truppen in Italien teil.

Für Maria hatte sich wieder einmal bestätigt, was sie unumstößlich wusste: „Kasper hat Glück, er hat immer Glück. Er kommt wieder." Wenn die Mutter ängstlich fragte, wann denn die letzte Post von ihrem Sohn gekommen sei, war Maria gelassen, auch wenn seit Wochen keine Nachricht eingetroffen war. „Kasper kommt wieder."

„Sechs von unseren Leuten haben diese Schweine hinterrücks abgeknallt." Die Wut in der kleingewordenen Truppe, die sich auf dem Rückzug in den italienischen Alpen befand, kochte hoch.

Kasper war bei dem Trupp Soldaten, der im Rahmen einer Strafaktion aus einem Bergdorf eine Gruppe Männer zusammengetrieben hatte und wegführte. Alte Männer und halbe Kinder. Die jüngeren Männer, die wahrscheinlich für den Partisanenüberfall verantwortlich waren, hatten sich in unwegsames Gebirge abgesetzt. Es war heiß. Kasper konnte Hitze gut vertragen.

Aber ein alter Mann in der Gruppe der Gefangenen schleppte sich mühsam und offensichtlich erschöpft am Ende des Zuges vorwärts. Kasper verlangsamte das Tempo ein wenig, der Zug zog sich auseinander.

An einer von den anderen uneinsehbaren Straßenbiegung nahm er Augenkontakt mit dem Alten auf, dann blickte er in eine andere Richtung. Als er sich wieder umschaute, sah er nur noch Felsblöcke rechts und links der Straße, die eigentlich nur ein etwas breiterer Schotterweg war. Er beschleunigte seinen Schritt und nahm wieder Fühlung mit der Gruppe auf. In dem nächsten Ort, der noch unter deutscher Kontrolle war, wurden die Gefangenen den deutschen Militärbehörden übergeben. Ein Zählappel fand nicht statt.

Monate nach Kriegsende 1945 erfuhr Maria, dass ihr Mann in amerikanische Gefangenschaft geraten war. Die Amerikaner hatten ihn mit vielen anderen im Rahmen einer ‚Wiedergutmachung' an Belgien ausgeliefert. Dort schuftete er in einer Kohlenzeche unter frühindustriellen Bedingungen.

Eines Tages, Maria war gerade von ihrer Arbeit bei der Konsumgenossenschaft zurückgekommen, stand er vor der Tür. Mager, abgerissen, aber gesund und optimistisch. „Ich habe Glück gehabt, bei einem Unglück im Schacht habe ich den Mittelfinger der rechten Hand verloren. Da brauchten sie mich nicht mehr. Und die Geige kann ich auch nicht mehr brauchen."

„Sie hat schließlich ihre Pflicht getan", fügte Maria hinzu.

„Jetzt sollten wir uns endlich mal ein Kind zulegen." Das Vorhaben sollte sich fast schwieriger gestalten als das Überleben im Krieg. Maria war eigentlich gesund, trotz ihrer entbehrungsreichen frühen Kindheit in Oberschlesien. Eine kinderlose Schwester ihrer Mutter, die in Homberg lebte, hatte sie kurzentschlossen als kleines Mädchen mitgenommen, als sie das Elend in Marias Familie sah, ein lungenkranker, alkoholabhängiger Vater, der prügelte, unterernährte Kinder, eine überforderte Mutter.

„Ich habe mich nur noch an Tantes Rock festgehalten. Ich hatte Angst, sie könnte ohne mich nach Homberg abfahren", erzählte Maria als Erwachsene.

Wohlgenährt und behütet war sie bei der Tante aufgewachsen. Auch als junge Frau war sie nie krank gewesen. In den letzten Kriegsjahren war sie, wie andere kinderlose Frauen, dienstverpflichtet worden. Sie arbeitete im Warenlager der Konsumgenossenschaft in Mülheim; keine leichte Arbeit für eine Frau. Aber sie hatte genug zu essen, konnte ihre Wohnung behalten und Kasper lebte.

Mit der Straßenbahn war der Konsum in Mülheim leicht zu erreichen gewesen. Und als die Bombenangriffe immer heftiger wurden und die Straßenbahnen erst fahren konnten, wenn die Gleise freigeräumt waren, brach sie eben im Morgengrauen zu Fuß auf, um möglichst pünktlich bei ihrer Arbeit einzutreffen. Maria war über Trümmer geklettert, die ihren Weg versperrt hatten, hatte mitbekommen, wie Bombenopfer aus dem Schutt geborgen wurden. Sie war eine zähe kleine Person.

Und nun war der Krieg vorbei, Kasper hatte überlebt und die Wohnung war nicht zerstört. Maria hätte gern beim Konsum weitergearbeitet. Aber als Kasper dort eine Arbeit bekam, musste sie gehen. ‚Doppelverdiener' wurden nicht akzeptiert. Kasper belieferte als Beifahrer die vielen kleinen Konsumfilialen, die in den frühen Fünfzigern im Tante-Emma-Stil die Kunden versorgten. Er schleppte Mehl- und Zuckersäcke, Marmeladen- und Sauerkrauteimer und Kartons mit abgepackter Ware.

„Lass' mal Kasper, das mach ich schon", häufig halfen die Fahrer, die jünger und kräftiger waren, mit. Und als er später selbst als Fahrer arbeitete, wurde alles leichter. Die Leiterinnen und Verkäuferinnen in den Läden mochten ihn. Es herrschte allgemein eine freundliche und entspannte Atmosphäre. Man hatte überlebt, und es ging voran. Kasper und Maria waren anspruchslos zufrieden. Es fehlte nur ein Kind.

Maria hatte drei Fehlgeburten. Ein Kind, das sie im achten Schwangerschaftsmonat verlor, war nicht lebensfähig gewesen.

Maria beklagte sich nie. „Das ist jetzt der letzte Versuch", Kasper sorgte sich um seine Frau. „Und wir sind ja auch nicht mehr die Jüngsten."

„Frau König, Frau König, wie können Sie nur!"

Die Nachbarin stürmte in den düsteren von hohen alten Häusern umstandenen kleinen Innenhof. Sie nahm Maria die Wäscheklammern aus der Hand.

„Dieses Recken! Und Wäschekorbschleppen!"

Maria ließ die Arme sinken.

„Von jetzt an übernehmen wir, die Nachbarn, die nötige Hausarbeit für Sie. Die nötige, und alles andere lassen Sie. Was sagt denn Ihr Arzt?"

„Ich soll liegen bis zur Entbindung."

„Na, dann bleiben Sie eben liegen. Wir passen schon auf, dass es diesmal klappt."

Das in Notzeiten geknüpfte nachbarschaftliche Netz hielt auch noch in der Nachkriegsphase. Maria brachte 1950 einen gesunden Sohn zur Welt.

Nibelungentreue

Gretchen und der Kommunist

Es klopfte, Lisa öffnete die Tür. Auf dem Flur stand Gretchen, die Tochter Lisel an einer Hand, die andere umklammerte den Griff eines abgeschabten, eines mitgenommenen kleinen Koffers.

Annas Koffer. Annas ehemals so eleganter Koffer, Gretchen hatte ihn wohl an sich genommen als Anna … Anna! Nicht jetzt!

Sie hörte, wie eine Tür im Flur einen Spaltbreit geöffnet wurde. „Kommt rein." Sie zog die beiden in die Küche und schloss schnell die Tür. Schweigend sahen sich die Frauen an.

„Wenn Gretchen keine Worte findet", dachte die Mutter, „dann …, na ja …"

Aber sie wusste auch, ohne dass Gretchen sprach, was passiert war. „Können wir", die Tochter suchte nach Worten, „ich meine können wir hierbleiben bis …", sie setzte von neuem an und es klang schon wieder ein bisschen nach Gretchen, „bis wir, bis Peter …"

„Er ist also wieder geflogen, hat wieder Brandreden gehalten, Kommunistisches Manifest, Sieg des Proletariats und so weiter, und so weiter …" Ärgerlich legte der Vater die Zeitung aus der Hand. „Er ist also wieder rausgeflogen!" wiederholte er.

„Setz Dich erst einmal. Was ist passiert?" Die Mutter schob Gretchen einen Stuhl hin. Die kleine Lisel blickte von einem zum andern: „Mama, gehen wir wieder?"

„Was ist passiert?", wiederholte die Mutter.

„Das weiß ich auch so. Er hat wieder Hetzreden gehalten, zum Umsturz aufgerufen, die alte Geschichte!“, ereiferte sich der Vater. Gretchen hob den Kopf.

„Wir haben 1928. Der Kaiser ist weg. Der Krieg ist seit 10 Jahren vorbei. Aber für den Arbeiter hat sich nichts geändert. Peter kann eben keine Ungerechtigkeiten ertragen!“

„Wer kann das schon,“ knurrte der Vater. „Aber wenn ein Mann Familie hat, dann muss er, muss er schon ….“. Er schwieg. Lisa sah zu ihm hinüber. Es entstand eine winzige Pause. Dann räusperte sie sich. „Also?“

Gretchen holte tief Atem: „Peter ist Knall auf Fall, Ihr wisst schon.“ Sie senkte den Kopf.

Die Mutter dachte: „Jetzt weint sie. Nein, Gretchen doch nicht.“ Gretchen, die Kleinste der Familie „Klein“, konnte man zum Teufel schicken, und der würde ein Problem mit ihr haben. Der Metzger hat Wurst verkauft, die einen Stich hatte? „Mama, lass mich mal.“ Gretchen regelte das, und der Metzger war am Ende froh, dass er das resolute zungenfertige Persönchen zufriedenstellen konnte.

Die Küche musste wieder tapeziert werden? „Mama, bis die Männer von der Arbeit kommen, sind wir fertig. Die sollen bloß nicht helfen. Die stören nur.“ Selbst ist die Frau!

Gretchen war so talentiert im Malen und Zeichnen. Zeit und Geld für eine Ausbildung? Gretchen hatte keine feste Arbeit gehabt, nur eine Putzstelle, um über etwas Taschengeld zu verfügen. Selbst auf dieses geringe Einkommen verzichtete sie, wenn sie sich ausgebeutet oder schikanisiert fühlte. Dann warf sie die Brocken hin und ging wutschnaubend mit erhobenem Kopf nach Hause.

Wie hätte sie ohne Gretchen die jüngeren schulpflichtigen Kinder, die älteren bei Phoenix arbeitenden Söhne, den schwer arbeitenden Mann versorgen, den großen Haushalt im Fluss halten können!

„... da habe ich die Wohnung gekündigt." Hier stockte Gretchen, „als wir keinen Pfennig Geld und kein Stück Brot mehr hatten, habe ich die paar Spillen in den Keller geschafft ..." holte sie Gretchens Bericht in die Gegenwart zurück.

„Und Peter?"

„Der versucht bei seiner Familie unterzukommen, bis ..."

„Du kannst in der Mädchenmansarde schlafen. Mariechen und Jettchen in einem Bett. Du und das Kind im anderen."

„Aber", zögerte Gretchen, „das ist doch Käthes Bett." Ausgerechnet Käthes Bett. Wie oft hatte sie sich über die Schwester lustig gemacht: „Unser Käth ist unmöglich!"

Die Mutter erinnerte: „Käthe hat ja eine Kammer bei Bongers. Sie hat sowieso nur alle zwei Wochen nachmittags frei."

„Ich weiß", der Zorn ließ Grete lauter werden. Die Mutter blickte warnend in des Vaters Richtung. Er hörte nicht mehr sehr gut, wurde aber aufmerksam. Sein Gehör hatte er in jahrzehntelanger Arbeit bei Phoenix im Hammerwerk fast verloren. Schutzkleidung? Fehlanzeige!

Leiser fuhr Gretchen fort: „Ja, ich weiß. Eine Dachkammer, eiskalt im Winter, mit den anderen Dienstmädchen zusammen. Immer unter Kontrolle, immer dienstbereit Tag und Nacht."

Die Mutter blickte mit unbewegtem Gesicht an Grete vorbei.

„Peter hat doch recht, wenn er sagt ..."

Lisa hob abwehrend die Hand. „Jetzt nicht, Gretchen, jetzt nicht."

Die Tochter senkt den Kopf. „Ach Mama, oh verdammt."

„Wir müssen uns ums Essen kümmern. Es gibt Wirsing untereinander." Schweigend schälten die Frauen die Kartoffeln. In kurzer Zeit war der sogenannte Kartoffeleimer, ein kleineres Wassereimermodell, voll.

„Den Wirsing müssen wir fein hacken, weil …"

„Ich weiß", Gretchen nickte, „weil Papa die Küche bei Preußens auch nach fast 40 Jahren nicht vergessen hat. Ganze Kohlblätter in einer Art Spülwasser schwimmend. Verfeinert mit nassem Kommissbrot. Und das jeden Tag."

„Ihm wird jetzt noch schlecht, wenn er daran denkt. Die Rekruten, die keine Pakete von zu Hause bekamen, waren arm dran", seufzte die Mutter.

„Alles für Kaiser und Vaterland", flötete Gretchen. Und dann lauter: „Hurra, hurra, hurra!" Und bevor sie neu ansetzen konnte, mahnte die Mutter: „Lass jetzt Deinen Mann aus dem Spiel." Die Tochter murmelte: „Wo Peter recht hat, hat er recht."

Die kleine Lisel hatte sich inzwischen an ihres Opas Bein geschmiegt.

„Bleiben wir jetzt hier?"

„Eine Zeit lang bestimmt." Er strich über ihren schwarzbraunen Lockenkopf. Sie war das erste und bislang einzige Enkelkind. Er konnte nicht ahnen, dass nur noch fünf Enkelkinder geboren werden würden. Lisel genoss die Aufmerksamkeit und Zuneigung aller.

Selbst ihr Onkel Peter, der seine tiefe Abneigung gegen Kinder nie verbarg, beachtete sie hin und wieder.

„Soweit er überhaupt bemerkt, dass es außer seiner kostbaren Person noch andere Menschen gibt", hatte Gretchen einmal bemerkt.

Als die Kleine ihren Opa bat, ihr wieder einen Handstand vorzumachen, war er sofort dazu bereit. Er liebte die Erinnerung an seine Zeit im Turnverein. Beunruhigt sahen die beiden Frauen, wie er seinen Stuhl in die Mitte der Küche zog.

Lisa hielt den Atem an.

Seine rechte Hand umspannte die Stuhllehne, die linke umfasste den vorderen Rahmen des Stuhlsitzes. Er stemmte sich recht mühelos zu einem sauberen Handstand hoch. Untadelig die Haltung, kerzengerade nach oben gestreckte Beine! Sicher kam er wieder auf die Füße. Die Kleine klatschte in die Hände. Karl strahlte.

Lisa schüttelte den Kopf. „Karl", es klang aber nicht nur vorwurfsvoll.

„Und Du lässt den Opa jetzt in Ruhe", fuhr Gretchen ihre Tochter an. Die war solche Art der Zurechtweisung nicht gewohnt. Ein mahnender Blick genügte meist als Erziehungsmaßname. Lisel war den Tränen nahe.

„Sie ist eine Mimose, ein Kräutchen-rühr-mich-nicht-an. Von wem hat sie das nur?", flüsterte Gretchen ihrer Mutter zu.

„Nicht von Dir", kam die Antwort. Die Frauen wandten sich wieder ihrer Arbeit zu.

Gretchen wischte den Küchentisch feucht ab, verteilte acht Teller und legte die Gabeln dazu.

„Papa, Mama, Kasper, Jettchen, Mariechen, Peter, Lisel und ich", überprüfte sie die Anordnung.

Jettchen würde am nächsten Ersten bei dem Zahnarzt Dr. Herrmann als Zweitmädchen anfangen. Sie würde dort auch wohnen. Die Arztfamilie hatte einen guten Ruf. Die Dienstmädchen dürfen abends nach der Arbeit auch stundenweise bis neun Uhr das Haus verlassen. Freie Sonntagnachmittage waren genehmigt.

„Aber nur, wenn sie ihr Pensum erledigt haben", spottete Gretchen.

Was niemand voraussehen konnte. Jettchen, die Jüngste, würde lange harte Jahre als Dienstmädchen im Hause Dr. Herrmann arbeiten.

Auf dem Kohlenherd kochten die Kartoffeln. Der Wirsing schmorte im ausgelassenen Speck. Der Vater riss das Fenster auf. „Kappesgeruch!"

Mutter und Tochter blickten sich verständnisinnig an. „Papa, denk´ an Deine Bronchien!" Widerwillig schloss er das Fenster.

„Der Fraß bei Preußens Gloria ist eben unvergesslich", würde Peter jetzt sagen. Mit zusammengepressten Lippen dachte Gretchen an ihren Mann.

Zu Kartoffeln und Gemüse gab es jeden Abend frisches Brot. Die Mutter hielt beim Schneiden das Brot vor der Brust.

„Lisa, ich kann das nicht ansehen. Du bringst Dich noch um!" Lisa, ungerührt: „Da wäre ich schon tausende Male gestorben." Sie riss die Scheiben mit einer einzigen Bewegung förmlich herunter. „Kein lang Gedöns."

Es schmeckte allen. Wie immer. Keinem wäre in den Sinn gekommen, Fleisch zu erwarten. Fleisch kam nur in die Henkelmänner der arbeitenden Männer. Ein Sonntagsbraten war keine Selbstverständlichkeit. Lisa rechnete nie nach, wann sie zum letzten Mal ein Kotelett gegessen hatte.

Obwohl es nicht ungewöhnlich war, dass Gretchen mal mit am Tisch saß, fühlten sich alle unbehaglich. Spannung lag in der Luft. Die Mutter strich die schwarze Strähne zurück, die sich aus dem straffen Haarknoten gelöst hatte.

Nebensächlich: „Gretchen und Lisel bleiben eine Zeitlang hier, bis Peter Kuhn wieder Arbeit hat."

Alle Augen waren auf Gretchen gerichtet. Bruder Peter höhnte: „Es ist mal wieder so weit. Der feine Herr Schwager hat schon wieder die Schnauze nicht halten können. So viel Dummheit …“.

Gretchen straffte sich: „Er ist nicht dumm, das weißt Du ganz genau.“ Und lauter: „Er war immer Klassenbester, hat die besten Zeugnisse von allen. Hätte die Höhere Schule spielend geschafft, wenn …“, und leiser „wenn da nicht …“. Sie hielt inne.

Peter bewahrte sie davor weiterzusprechen. „Na wenn schon. Meine Zeugnisse waren nicht so gut. Aber wie weit ist Dein Peter mit den besten Schulzeugnissen denn gekommen? He?“

Offensichtlich befriedigt und belustigt betrachtete er seine Schwester. Gretchen wurde feuerrot. Lisel begann leise zu weinen. Gretchen legte den Arm um ihre Tochter. Jettchen und Mariechen sahen sie mitleidig an. Kasper schaute weg. Insgeheim fanden die Geschwister, dass Bruder Peter in Bezug auf seinen Schwager nicht so unrecht hatte.

„Schluss jetzt“, der Vater wurde energisch. „Gretchen und Lisel bleiben hier.“

„Von mir aus.“ Peter zuckte die Achseln. Er schob seinen halbvollen Teller zurück. Er stand auf. „Ich muss jetzt. Tschüss.“ Pfeifend verschwand er, nicht ohne kurz im Elternschlafzimmer zu verschwinden, wo alle ihre Sonntagskleidung und besseren Habseligkeiten aufbewahrten.

„Ich glaube, er roch nach Kölnischwasser“, schnupperte Jettchen.

„Mama, hat er wieder ein Verhältnis?“, wollte Mariechen wissen.

Nachdenklich sah die Mutter auf ihre abgearbeiteten Hände.

„Ich glaube, diesmal ist es was Ernstes.“

Die Töchter horchten auf. Auch Gretchen hatte ihre Fassung wiedergefunden.

„Kennst Du sie?“

„Wie ist sie?“

„Erzähl doch, Mama!“

Dass ihr Lebemann-im-Kleinformat-Bruder eine Beziehung ernst nehmen könne, war eine kleine Sensation.

„Mama, nun sag schon!“

Die Mutter zögerte: „Ich habe gesagt, Peter, was willst Du mit dem Kind? Sie ist siebzehn und sieht aus wie eine Zwölfjährige. Ordentliche Familie. Die Eltern stammen aus dem Hunsrück. Katholisch. Fromm. Acht Kinder.“

„Wenn unser Peter unter die Haube käme, das wär′ was!“

„Wird ja auch Zeit, mit fast dreißig.“

„Mama, erzähl, was weißt Du noch?“

Zögernd: „Sie heißt Minchen, ist das älteste Mädchen in der Familie. Die Mutter ist oft krank. Kopfschmerzen. Sie versorgt den Haushalt, die Kleineren zur Schule, die arbeitenden Männer ...“

„Essen, Henkelmänner, Arbeitsanzüge flicken, und so weiter“, ergänzte Gretchen und fuhr fort: „die übliche Ausbeutung der Frau. Und Schuld daran ist nur das unkontrollierte Kinderkriegen. Ich jedenfalls werde kein zweites Kind kriegen.“

Die jüngeren Schwestern glaubten Gretchen aufs Wort. Sie hatten bereits bestimmte Vorstellungen zur Vermeidung ungewollter Schwangerschaften.

„Was sind das für Reden“, donnerte der Vater. „So was will ich in meinem Haus nicht hören!“

„Ach Papa, wir sind doch nicht schlechter als ihr es wart, wir sind nur ein bisschen klüger“, nahm Grete ihm den Wind aus den Segeln. Sie hatte es sich verkniffen Parolen wie „Mein Bauch gehört mir“ und Forderungen nach straffreier Abtreibung hier ins Gespräch zu bringen.

Lisa schwieg. Elf Schwangerschaften, elf Geburten in siebzehn Jahren. Nein, sie waren nicht geplant gewesen.

Das Interesse wandte sich wieder der eventuellen Schwägerin zu.

„Was erzählt Peter denn noch?“ wollten die Schwestern wissen. Ungewohnt gesprächig und dankbar für den Themenwechsel nahm Lisa den Faden wieder auf: „Sie soll sehr gut in der Schule gewesen sein und …“

„Wie praktisch für meinen Bruder“, warf Gretchen ein.

„Nun halt doch mal den Mund“, fuhr Mariechen ungewohnt energisch die ältere Schwester an.

„Lass Mama gefälligst ausreden!“ Gretchen schwieg verblüfft.

„Sie waren immer von klein auf wie Hund und Katz, der Peter und Gretchen“, ging es Lisa durch den Kopf.

Laut fuhr sie fort: „Minchen macht die Schularbeiten mit den Kleineren, und Peter sagt, sie bastelt sehr schön und kann nähen, verdient sich auch ein Taschengeld damit.“

Gretchen hatte besonders aufmerksam zugehört: „Na und. Das kann ich auch!“

„Wenn das was wird mit Minchen und unserem Peter – Minchen und ons Gret, oh je“, grübelte Lisa. Ihre Bedenken sollten sich bestätigen.

Meiderich-Berg Ende 1932

„Nazihure, braune Pest, Kapitalistenarschlecker!“ Eine Gruppe Frauen und ärmlich gekleidete Kinder umringten mit erhobenen Fäusten eine blasse, dünne Frau, die krampfhaft ihren kleinen Jungen an der Hand hielt und die mit angstvoll aufgerissenen Augen die Angreifer anstarrte, wie gelähmt, nicht fähig zu flüchten oder sich zu verteidigen.

„Genossinnen, so geht das nicht. Wir kämpfen gegen die braune Partei, nicht gegen Frauen und Kinder. Und so mit Gewalt schon gar nicht. Geht nach Hause, lasst die Frau und das Kind in Ruhe!"

Peter schob sich zwischen die Frau und die Angreifer.

„Das ist die Frau von diesem Nazischwein!"

„Was meinst Du, was der mit uns macht, wenn die an die Macht kommen?"

„Mensch Peter, Du bist doch auch Genosse!"

„Was ihr da macht, hat mit Kommunismus nichts zu tun. Also, Leute, verschwindet und das schnell!"

Mit gesenkten Köpfen und hängenden Schultern trollten sie sich. Ärgerliche und beschämte Blicke trafen den Parteifreund, den Genossen. Peter wandte sich an die verängstigte Frau.

„Es ist vorbei. Haben Sie keine Angst mehr. Ich bringe Sie nach Hause. Entschuldigen Sie, die Leute sind verzweifelt und …"

Er schwieg. Die Frau nickte. Sie gingen an einigen Häusern entlang. Alle waren gleich grau und verrußt, aber nicht allzu sehr heruntergekommen. Die Frau hielt an einer Haustür.

„Hier wohne ich."

„Ich weiß."

Jeder wusste, wo der Paradenazi wohnte. Er pflegte in seiner braunen Uniform umherzustolzieren und mit einer Reitgerte gegen seine blanken Stiefel zu schlagen. Es wurde erzählt, seine Frau und das Kind hätten nicht viel zu lachen bei ihm.

„Danke vielmals, Herr Kuhn." Sie sah ihn hilflos an.

„Schon gut." Einen kurzen Augenblick legte Peter dem Kind die Hand auf die Schulter. Dann schloss sich die Haustür mit einem lauten Klack hinter Mutter und Sohn. Sekundenlang starrte Peter noch auf die geschlossene massive Tür.

„Die Farbe blättert ab“, ging ihm durch den Kopf. Die wenigen Schritte zu seiner Wohnung kamen ihm endlos vor.

„Peter, wie siehst Du nur aus. Ist Dir nicht gut?“ Er ließ sich auf einen Stuhl fallen.

„Mir ist kotzübel!“ Er schilderte sein Erlebnis, einsilbiger als es seine Art war, beinahe abwesend.

Gretchen ereiferte sich: „Die arme Frau. Er soll sie auch schlagen! Wenn ich diesen Fettwanst nur sehe! Die ganze Straße ist eingeschüchtert, wie gelähmt, wenn der nur auftaucht. Und er droht: „Wenn wir de Macht übernehmen, dann …“ Gretchen redete sich in Rage.

Peter hörte nicht, was seine Frau hervorsprudelte. Wie aus einer Ferne, aber laut und klar, unterbrach er sie: „Wir sind am Ende.“

„Was sagst Du da, Peter, was sagst Du da?“

„Wir sind am Ende, Gretchen“, und dann fast schluchzend, „wir sind am Ende.“

Die Nazis kamen – im Januar 1933 – an die Macht.

Peter verließ das Haus, in dem sie eine bescheidene Wohnung hatten. Zum ‚Klinkenputzen‘, wie er seine Arbeit zu nennen pflegte. Er versicherte für den Deutschen Herold Bauern am linken Niederrhein, wenn sie sich denn versichern ließen.

„Heil Hitler, Herr Kuhn“, Peter erstarrte. Vor ihm baute sich in SA-Uniform der Beherrscher des Straßenblocks auf.

„Heil Hitler, Herr Kuhn“, er hob die Hand zum ‚Deutschen Gruß‘.

„Guten Tag.“ Es schien als wolle der Braune aufbrausen. Peter rechnete mit einer massiven Drohung. Aber: „Ach, Herr Kuhn, mir fällt auf, Sie sehen krank aus.“ Drängend: „Sie fühlen sich nicht wohl.“ Pause. „Sie brauchen dringend eine Luftveränderung, dringend. – Ja, ja, Pause – die Nerven. Eine Zeitlang sollten Sie Duisburg meiden. – Bis sich alles ein wenig ... ich meine, bis sich Ihre Nerven wieder beruhigt haben." Und als habe er schon zu viel gesagt, schnauzte er: „Mann, verschwinden Sie von hier, sofort! Heil Hitler!"

Peter vergaß seine Arbeit. „Ich muss das Gretchen erzählen, sofort." Mit dem Gedanken war er schon an seiner Wohnungstür. Seine Frau hörte zu, ohne ihn zu unterbrechen.

„Das hat er gesagt?"

„Wortwörtlich."

„Dann wird es Zeit, Peter."

„Wie meinst Du das?"

„Ich fand es immer so schrecklich, dass meine Eltern jetzt in dem linksrheinischen Kaff wohnen. Na schön, alles ist billiger da. Miete, Eier, Milch, Gemüse aus dem Garten, und so weiter."

„Ach, Margarete Kuhn, geborene König, das Schlimmste war doch, dass Du nicht jeden Tag bei Mama vorbeischauen konntest", konnte sich Peter nicht verkneifen. Und ahnungsvoll: „Was hast Du vor, Gretchen?" „Wir werden so lange bei ihnen bleiben, bis wir etwas Billiges gefunden haben. Ich fange sofort an zu packen. Viel ist es sowieso nicht. Du fährst am besten gleich los. Ich komme mit Lisel nach."

„Bei Deinen Eltern, mit Plumpsklo?"

„Jawohl, mit Plumpsklo."

„Aber Gretchen, die Wohnung, die Möbel, der Mietvertrag, die Schule ...", stotterte er.

„Die paar Möbel, das bisschen Kleidung", überlegte sie laut. „Ein Pferdefuhrwerk genügt. Ein Bauer von linksrheinisch, der hier Ware verkauft ... Den Rest lassen wir einfach stehen. Unser Vermieter wird froh sein, das ‚Kommunistenpack' loszuwerden. Er hat Angst, wie alle. Um Lisel mache ich mir keine Sorgen. Auch auf Dorfschulen lernt man lesen und schreiben."

„Aber ich kann doch nicht einfach so abtauchen, mich feige verdrücken", wandte Peter ein.

„Peter Kuhn, jetzt hör' mir mal gut zu. Du taugst nicht zum Helden", und bitter, „gekämpft hast Du genug." Sie sah an ihrem abgetragenen Kleid hinunter. „Jetzt geht's ums nackte Überleben. Wenn die Dich auf dem Kieker haben, und das scheint so, ist es aus mit Dir. Und was wird dann aus Lisel und mir? Unsichtbar machen. Stillhalten. Unsere Zeit kommt noch. Irgendwann."

„Glaubst Du das wirklich?"

„Aber sicher, Peter." Sie glaubte es nicht. Aufmunternd fuhr sie fort: „Jetzt verschwinden wir erst mal. Dann sehen wir weiter."

„Wie Du meinst," resignierte der Mann.

„Ich meine."

Am 2.5.1933 wurden Kommunisten, Sozialdemokraten und Gewerkschafter wie Vieh von den braunen Schergen durch die Stadt getrieben. Verhöhnt, geschlagen, getreten. Vier Gewerkschafter wurden im Keller der Ruhrorterstrasse 11 gefoltert und getötet. Peter Kuhn war nicht unter ihnen.

Die Sonne schien. Im Garten blühte es. Die Zimmer der Kate, in der sie wohnten, waren nicht mehr feucht. Sie hatten die gefährliche Zeit während und nach der Machtergreifung Hitlers ohne Gefahr überstanden. Grete wusste wohl, wem sie das zu verdanken hatten. Trotzdem fühlte sie nur wenig Dankbarkeit gegen den Blockwart, den braunen Schergen, wie sie ihn bei sich nannte. Er sollte, so hatten sie erfahren, so manchen in Schwierigkeiten gebracht haben.

Peter hatte sich weitgehend an das Versprechen, das er ihr gegeben hatte, gehalten. Er kritisierte das Naziregime nicht öffentlich, hielt

sich mit sozialistischen Parolen zurück, lieferte sich keine hitzigen Diskussionen im Familienkreis mehr. Zu viele ehemalige Genossen waren nach der Machtübernahme spurlos verschwunden. Peter war weiterhin bemüht, misstrauische störrische linksrheinische Bauern von den Vorteilen einer Versicherung beim Deutschen Herold zu überzeugen.

Was hätte er mit seiner Biographie auch anderes tun können. Der Deutsche Herold fragte nicht weiter nach seinen eventuellen politischen Vorlieben, solange ihr Mitarbeiter Kuhn einigermaßen erfolgreich und korrekt arbeitete. Und Peter war korrekt.

Und Mama wohnte nebenan, Papa natürlich auch. Eigentlich war das Leben erträglich. Grete und Peter hatten immer Distanz zu Nachbarn und Fremden gehalten. Zwangsläufig. Freunde hatten sie eigentlich nie gehabt, die alten Genossen waren Kampfgefährten gewesen, nicht mehr. Mit der großen Familie war das ganz anders. Beide waren ausgesprochene Familienmenschen.

„Seltsam", sinnierte Gretchen, dass wir mit Adele und Herrmann Küppers befreundet sind." Es hatte sich so ergeben. Wirklich nette Leute. Eine hübsche Brunette, größer als sie mit langen schlanken Beinen, modisch frisiert, schick gekleidet.

Grete hatte eigentlich nie Minderwertigkeitsgefühle, sie gestand sich aber ein, dass sie selbst mit ihrer leicht gelblichen Haut, den hellbraunen krausen Haaren und einer etwas untersetzten Figur keine landläufige Schönheit war.

„Längere Beine sind heute eben gefragt", stellte sie fest. „Aber," tröstete sie sich, „mein voller Busen ist auch nicht ohne."

Ihre Gedanken schweiften wieder zu ihren Freunden. Herrmann Küppers war trotz seiner jungen Jahre vollkommen kahlköpfig. Es wurde gemunkelt, er sei gegen Ende des Krieges als

Achtzehnjähriger an der Westfront viele Stunden in einem Bunker verschüttet gewesen, bis ihn Kameraden ausgegraben hatten. So was bleibt nicht in den Kleidern stecken, pflegten Kriegsteilnehmer zu sagen.

Deswegen klappe es mit dem Nachwuchs bei den Küppers nicht. Aber diese Dinge waren zur Zeit ihrer Freundschaft zwischen ihnen nie zur Sprache gekommen. Die Küppers fuhren ein schickes Motorrad mit Beiwagen. Am Kopf eng anliegende braune Lederhauben und passende Lederjacken gaben ihnen ein sportlich elegantes Aussehen.

Da Gretchen und Peter nicht Motorradfahren konnten, machten sie des öfteren abwechslend kleine Ausflugsfahrten, Peter mit Adele, Herrmann mit Gretchen. Die Motorradkleidung trugen dann die jeweiligen Fahrer.

„Eigentlich alles gar nicht so schlecht“, dachte Gretchen. Aber wenn sie ehrlich war, vermisste sie die Stadt. „Ich weiß, wie schmutzig es ist in Laar und Hamborn und Untermeiderich und ... und; aber so schlimm war das auch nicht.“ Sie vermisste das alles und den Ruhrorter Hafen, den Rhein und Duisburg überhaupt. Sie ging zurück ins Haus.

Es klopfte. Adele stand vor der Tür. Sie drängte herein. Sie wirkte erregt, dabei seltsam entrückt, ihre Augen glänzten fiebrig. „Adele, bist Du krank?“ Gretchen war besorgt.

„Wo ist denn Dein Mann, wie bist Du hierher …?“

Ohne auf Gretchens Fragen einzugehen: „Wo ist Peter? Ich muss sofort …“

„Peter muss gleich hier sein“, unterbrach Gretchen die Freundin.

„Was ist denn?“ In dem Augenblick kam Peter zur Tür herein. Sein Blick ging von einer Frau zur anderen. Die eine war ahnungslos

– ahnungsvoll, die andere aufgelöst. Unbehagen und Unsicherheit malten sich in seinem Gesicht.

„Peter", Adele stürzte auf ihn zu, und hysterisch: „Peter, wir bekommen ein Kind, ist das nicht herrlich?" Peter wich einen Schritt zurück. „Peter, komm' mit mir. Herrmann weiß alles, ich habe ihm geschrieben, dass ich weggehe mit Dir. Ich nehme Dich gleich mit. Wir werden …"

„Hier nimmt keiner meinen Mann mit. Peter ist mein Mann und bleibt es. Oder willst Du gehen, Peter?"

„Nein, nein!"

Plötzlich ernüchtert, wie aus einem Traum erwachend, strich sich Adele über die Stirn. Sie sah wie durch einen Schleier das Ehepaar, das kleine Zimmer, die niedrige Decke der Kate, Lisels Foto auf dem alten Vertiko. Eine dumpfe Starre lag über der Szene.

Ein Motor heulte auf, verstummte, die Tür wurde aufgerissen. Herrmann Küppers stürzte herein. „Adele, um Gottes Willen! Was machst Du nur für Sachen! Bitte, bitte, verlass mich nicht!" Er kniete vor ihr nieder, umfing sie und lehnte seinen Kopf gegen ihren Leib. „Du bekommst ein Kind. Wir werden ein Kind haben", stammelte er. Ich wollte schon immer ein Kind!" Sich erhebend: „Komm nach Hause, mein Schatz, lass uns gehen."

Ohne Grete und Peter eines Blicks zu würdigen führte er Adele behutsam hinaus. Grete hätte schwören können, dass Adeles Augen unter halbgeschlossenen Lidern triumphierend geblitzt hatten.

Draußen heulte der Motor der schweren Maschine auf. Im Zimmer lastete minutenlang Schweigen. Peter räusperte sich: „Gretchen." Er stockte, suchte sichtbar nach Worten: „Gretchen, ich weiß nicht, wie …" Ihre Stimme klang tonlos: „Ich habe dieses Kaff schon lange satt. Wir gehen zurück nach Duisburg."

Und dann fast freudig: „Ja, wir gehen nach Hause."

„Ach, Gretchen", Peter machte einen Schritt auf seine Frau zu. Sie hob abwehrend die Hand. Er ergriff ihre Hand, und küsste sie.

„Lass den Quatsch, Peter." Mit einer raschen Handbewegung fuhr sie über ihr Gesicht. Eine Margarete König weinte nicht.

Die Familie wusste, dass Peter seine Frau auf keinen Fall verlieren wollte: „Was sollte er auch ohne ons Gret' anfangen?" Und mit der Lösung konnten doch alle recht gut leben. Damit schien das Thema für die Zukunft erledigt zu sein.

Mariechen war nach sieben Jahren zum zweiten Mal gewollt schwanger. Eine unnötige Entscheidung, das war die mehr oder weniger direkt geäußerte Meinung in der Familie.

„Mot dat sin?" fragte Mutter Lisa. Die zierliche werdende Mutter war äußerst unförmig und schwerfällig geworden.

Gretchen beäugte die Schwester missbilligend: „Es ist doch unverantwortlich, wie Männer Frauen zurichten."

„Es war aber mein eigener Mann, der mich so zugerichtet hat, und das Kind war gewollt!" Das saß. Gretchen wurde feuerrot und wandte sich ab. Mariechen liebte ihre Schwester: „Aber es wurde Zeit, dass Gretchen mal eins auf ihr loses Mundwerk bekam." Bis an ihr Lebensende freute sie sich ihrer ungewohnten Schlagfertigkeit.

Gretchens scharfe Zunge erlitt jedoch auf Dauer keinen Schaden. Sie behielt weitgehend in der Familie ihr Monopol auf Meinungsbildung: „Gretchen hat gesagt ..."

Alle glaubten, dass Lisel damals nichts mitbekommen hatte und bis heute nichts von einem Halbbruder wusste.

Unter der Wartburg

„Gnädige Frau." Wann immer Grete so angesprochen wurde, musste sie sich erst vergewissern, dass sie gemeint war.

In Thüringen galten auch noch 1944 gegen Ende des Krieges andere Umgangsformen als die, die sie von Duisburg gewöhnt war. In Duisburg waren nicht einmal die Damen der besseren Kreise ‚gnädige Frau' gewesen. Sie hatte es jedenfalls nie gehört.

Sie lebte mit Lisel im weitgehend vom Krieg verschonten Eisenach in einem Hotel, das für Ausgebombte beschlagnahmt worden war. Alles ein wenig verblichen, verwohnt, seit Jahrzehnten nicht mehr renoviert, aber recht behaglich, verglichen mit den Leiden der Flüchtlinge, der Verwundeten, ganz zu schweigen von den Bombenopfern und den Gefallenen. Und alle Familienmitglieder lebten.

Und Mariechen und Jettchen mit den Kindern hatten, nachdem sie ausgebombt waren, sogar eine Bleibe ganz in der Nähe gefunden. In einem Dorf in der Gegend von Bad Hesfeld waren sie untergekommen, nur wenige Eisenbahnstationen von Eisenach entfernt. Sie hatten sich häufiger gegenseitig besuchen können. Seit sich die Fronten aber den deutschen Grenzen genähert hatten, waren Züge immer häufiger das Ziel von Tieffliegern geworden. Sie waren reserviert worden für Flüchtlingstransporte aus den deutschen Ostgebieten, für Verwundete und Versorgungstransporte, für Kriegsgeräte überhaupt.

„Wie gut, dass die Wasser- und die Elektrizitätsversorgung noch funktioniert, und die Post," schrieb sie Peter. Peter trug eine Uniform! Es war nicht zu fassen. In den letzten Kriegsjahren hatte man ihn zur Organisation Todt eingezogen. Zu alt für den Dienst an der Waffe, brauchbar genug um Versorgungstransporte in der

Heimat zu fahren. „Ich helfe, den Krieg zu verlängern“, erklärte er bitter, wenn er nach seiner Tätigkeit gefragt wurde. An einem Versicherungsagenten des Deutschen Herold war kein Bedarf mehr.

„Es geht uns besser als den meisten“, stellte Gretchen trotzdem fest. „Die Tochter bei mir und der Mann nicht an der Front.“ Und das Telefon im Hotel funktionierte auch. „Wer weiß, wofür das mal wichtig ist.“

„In Laar fallen keine Bomben“, beharrte Karl, der Vater. Alles Zureden, doch mit Mama zu den Kindern nach Hessen zu gehen, stieß auf taube Ohren. „In Laar fallen keine Bomben.“ Seine Kinder waren in den anliegenden Stadtteilen nur wenige Kilometer entfernt ausgebombt worden.

Zum ersten Mal in ihrer langjährigen Ehe konnte Lisa ihren Mann nicht beeinflussen. Natürlich war auch sie geblieben. Und so eilten die beiden Alten bei jedem Fliegeralarm, ob zur Tages- oder Nachtzeit, zum etwa hundert Meter entfernten Bunker, ein kleines Köfferchen in der Hand.

„In Laar fallen keine Bomben.“ Hugo, Mariechens Mann, sah regelmäßig nach ihnen, sofern es sein unregelmäßiger Dienst als Lokführer zuließ. Als er sie fand, hockten sie seit Stunden in den Trümmern ihres Hauses. Stumm, versteinert, das Köfferchen krampfhaft festhaltend. Er sorgte, dass sie zu essen und zu trinken bekamen, regelte seine Dienstgeschäfte und beschaffte Fahrkarten. Seine Eisenbahneruniform verschaffte Möglichkeiten, wo es eigentlich keine gab. Und nach einer langen Nachtfahrt kamen sie in Bad Hersfeld an.

Es gelang ihm, eine Mitfahrgelegenheit auf einem Pferdefuhrwerk zu finden. Die Busfahrt in die Dörfer war schon seit längerem eingestellt. Aufatmend hatten Mariechen und Jettchen die Eltern in Empfang genommen. Die Mutter stellte sich schnell auf die neue

Situation ein. Wäschewaschen auf dem Waschbrett, Wasser holen aus dem Stall, Plumpsklo, na und.

Der Vater wanderte ziellos in den winzigen Zimmern des Hexenhäuschens hin und her, abwesenden Blickes, Lieder aus seiner Zeit als Mitglied eines Gesangvereins summend, blicklos aufblickend, wenn ihn jemand ansprach.

In Laar fallen keine Bomben.

Das Hoteltelefon schrillte. „Frau Kuhn, für Sie." Die Hausdame sah Gretchen nicht an, wandte sich ab.

„Mein Vater ist gestorben, ganz plötzlich." Gretchen ging steif auf einen der schäbigen Sessel zu, setzte sich langsam.

„Wie eine Marionette", ging es der Hausdame durch den Sinn. „Kann ich etwas für Sie tun?" Es gab nichts zu tun. Es war ein früher, eisiger Winter. Züge fuhren kaum noch. Selbst wenn sie bis Hersfeld käme. Zehn Kilometer hügelige Landstraße waren zu Fuß nicht zu schaffen. Winterkleidung, festes Schuhwerk?

Erst viel später sollte sie Einzelheiten zum Tode des Vaters und zu seinem Begräbnis erfahren.

Und dann das Ende. Die amerikanischen Truppen stießen, um Ostern 1945, ohne nennenswerten Widerstand zu finden, bis an die Elbe vor. Dort waren sie auf sowjetische Truppen gestoßen. Auf der Autobahn Bad Hersfeld – Eisenach rollten bereits Karfreitag 1945 die amerikanischen Armeen Richtung Osten. Die kleinen Dörfer und Städte rechts und links der Autobahn waren für sie zunächst ohne Interesse.

Unabhängig von einander hatten sich die Schwäger Peter Kuhn und Hugo aus Duisburg vor den heranrückenden Alliierten abgesetzt. Hugo traf vor dem Einmarsch der Amerikaner bei seiner

Familie in dem kleinen nordhessischen Dorf ein. Er wollte die politische Entwicklung abwarten und sobald als möglich mit der Familie nach Duisburg, das zur englischen Besatzungszone gehörte, zurückkehren.

Peter war wohlbehalten bei Gretchen und Lisel in Eisenach angekommen. Thüringen gehörte aufgrund der Potsdamer Verträge zur sowjetischen Besatzungszone. Die siegreichen Amerikaner zogen sich zurück. Flüchtlingswellen folgten ihnen. „Jetzt wird es Zeit, dass Gretchen, Peter und Lisel sich absetzen. Mir ist es hier bei den Amerikanern so nahe der Zonengrenze sogar mulmig", meinte Hugo. Mariechen machte ein bedenkliches Gesicht.

Peter setzte sich nicht ab. Er nahm sofort Kontakt mit der sowjetischen Kommandatur und den Politoffizieren auf. Peter hatte schließlich eine sozialistische Biographie. Endlich, endlich, nach all den Jahren der politischen Fehlschläge und Unterdrückungen war seine Zeit gekommen. Die Zeit war gekommen, alle die Theorien, die er Jahrzehnte seines Lebens verfochten hatte, zu verwirklichen. Überzeugungen, für die er mit Entlassungen und Diffamierungen bezahlt hatte, konnten nun Allgemeingut werden. Dem Sieg des Sozialismus und des Proletariats stand nun nichts mehr im Wege!

In einer seiner dunkelsten Stunden hatte Gretchen gesagt: „Unsere Zeit kommt noch." Seine Frau hatte wieder einmal recht gehabt. „Wir bleiben in Eisenach, wir bleiben hier." Gretchen hatte nicht widersprochen. Und Lisel, die wohlerzogene Tochter, wäre gar nicht auf den Gedanken gekommen, einen eigenen, vielleicht anderen Entschluss zu fassen. Sie war zwanzig und noch Jungfrau.

„Sie haben den Dr. Rollberg abgeholt!" Peter glaubte nicht recht zu hören.

„Wer hat meinen Schwiegersohn abgeholt?“

„Die Russen!“

Außer Atem fuhr er seinen Freund, den sowjetischen Stadtkommandanten, an: „Igor, was soll das? Wieso holt ihr meinen Schwiegersohn ab?“

„Den Dr. Rollberg? Davon weiß ich nichts. Muss ein Irrtum sein. Das werden wir gleich haben! Kommt mit!“

Minuten später hielt der Jeep des Kommandanten vor dem gutbürgerlichen Haus, das der Familie von Lisels Mann gehörte.

„Warte.“ Igor sprang aus dem Wagen. An der Haustür wurde er aufgehalten. Er kehrte um. Peter sah ihn fragend an. Der Offizier zuckte hilflos die Achseln.

„KGB. Da kann ich nichts machen.“ Und resignierend: „Da kann keiner etwas machen.“

„Ich habe Hans immer angefleht, er soll das Funken lassen. Es war wie eine Sucht. Jeden Abend hatte er vor dem Funkgerät gesessen und Kontakt mit seinen ehemaligen englischen Studienkollegen aufgenommen, um ihnen zu berichten, was sich in der sowjetischen Besatzungszone so alles tat.”

„Wie konnte er nur. Er wusste doch, dass das verboten war!“ Lisels Eltern schwankten zwischen Wut und Verzweiflung.

„Aber er kannte doch gar keine Geheimnisse, er konnte doch nichts verraten!“ Lisel hielt den Kopf mit beiden Händen.

„Ich hab‘ ihn gefragt, was passiert, wenn die Russen dahinterkommen. Er hat nur gelacht. Er hat mich in den Arm genommen: ‚Die dummen Russen. Wie wollen die etwas merken!’“

Endlich hatte man sie allein gelassen. Lisel legte die Hände auf die Klaviertasten, spürte die kühle Glätte des Elfenbeins. Bilder stiegen auf. „Fräulein Kuhn, heute abend trifft sich in Ihrem Büro die Gruppe ‚Junge Intelligenz'. Dr. Rollberg vom Gymnasium ist der Leiter. Es macht Ihnen sicher nichts aus, die Gastgeberin zu sein?" Fragend sah der Oberbürgermeister sie an. Er erwartete keine Einwände. Er kannte Fräulein Kuhn, immer freundlich, einsatzbereit und kompetent. Die ideale Sekretärin eben.

„Und hübsch ist sie auch, verdammt hübsch", pflegte er insgeheim jedem laut geäußerten Lob hinzuzufügen.

Als Dr. Rollberg sich vorstellte, war ihr erster Gedanke: „Den würde ich gerne heiraten." Es war Liebe auf den ersten Blick. Er hatte sie schon bald ins Theater eingeladen und seiner Mutter vorgestellt, einer grauhaarigen reservierten Witwe.

„Ich dachte, Du brächtest mir eine Dame, stattdessen bringst Du mir ein Kind."

„Eine Elfe, Mutter, eine Elfe", hatte er verliebt gelacht. Sie hatte Lisel nie verziehen, dass sie so gar nicht ihren Vorstellungen von der Frau eines Gymnasiallehrers entsprach. Dabei war Lisel eine gute sparsame Hausfrau. Aber für Hausarbeit hatte eine wirkliche Dame schließlich Personal. Die Schwiegermutter war noch nicht im Sozialismus angekommen. Sie würde es nie sein, dachte Lisel.

Hans hatte ihre Heiterkeit, ihr fröhliches rheinisches Temperament geliebt. Sie war kontaktfreudig, ohne je plump vertraulich zu sein. Ihre Wissbegierde hatte ihn entzückt.

Er zerstreute ihre Bedenken in Bezug auf ihre mangelhafte Bildung. Sie hätte so gerne eine höhere Schule besucht! Das Schulgeld. Immerhin hatte es für eine einjährige Handelsschule gereicht, die sie als die Klassenbeste abgeschlossen hatte.

Zweihundertvierzig Silben in der Minute bei perfekter Übertragung in den Maschinentext, sichere Zeichensetzung. Er hatte ihr

Englischstunden gegeben, sie zum Klavierunterricht ermuntert. Sie hatten gemeinsam Kunstausstellungen besucht.

Sie lernte leicht. Sie sog alles auf wie ein ausgetrockneter Schwamm. Sie lebte einen Traum. Sie heirateten im Juli 1946. Am 20. Oktober 1946 holten sie Hans ab. Am 19. Oktober hatten sie erfahren, dass sie ein Kind haben würden.

Lisel klappte den Deckel des Klaviers zu. Sie würde nie wieder eine Taste anrühren. Der Traum war vorbei. Sie schwor, sie würde sich und ihr Kind durchbringen. Endlich flossen die Tränen.

Hans sollte sie nicht wiedersehen. Sie liebte nie wieder einen anderen Mann.

Lisels Schwangerschaft verlief vom medizinischen Standpunkt gesehen normal. Ihr Umfang nahm jedoch so zu, dass Mutter Grete kategorisch entschied: „Du kannst nur noch im Dunkeln an die Luft gehen. Die Leute bleiben sonst stehen und gaffen Dich an."

In den letzten Wochen vor der Entbindung schleppte sich Lisel, ihren unförmigen Leib mit beiden Armen unterfangend, in der Wohnung von einem Halt zum anderen. Die ‚Elfe' brachte ohne größere Probleme einen kräftigen Sohn zur Welt. Kurze Zeit danach passten ihr die alten Kleider wieder. Nur um den Bauchnabel kräuselten sich kleine Hautfalten.

„Dann trage ich eben nur noch einteilige Badeanzüge", entschied sie.

Meiderich 1954

„Na endlich!" Tante Mariechen und ihre Tochter schlossen Lisel und ihren kleinen Sohn in die Arme.

„Ihr nehmt eine arme Verwandte auf. Das ist alles, was wir haben."

Lisel wies auf einen Handkoffer. „Ach ja, und was wir am Leibe haben. Im wahrsten Sinne des Wortes. Alle wichtigen Papiere und meine besonders wichtigen Zeugnisse trage ich auf dem Leib."

„Das war dann ja wohl eine Zitterpartie."

„Und ob. Dass wir hier sind, ist ein Wunder. Erst nach dem Aufstand am 17. Juni gab es gewisse Reiseerleichterungen, Besuchserlaubnisse aus familiären Gründen. Und seit Vater aus dem Gefängnis entlassen ist, Arbeit hat und für Mutter sorgt, kann ich mit Wolfgang hierbleiben. ‚Republikflüchtlinge' sind wir jetzt."

„Hauptsache, ihr habt es geschafft."

„Ach, Tante Ria, ich brauche Arbeit. Und ihr habt auch nicht viel Platz."

„Wir rücken zusammen. Alles andere wird sich finden."

Das Amtsgericht Duisburg sucht eine Stenotypistin, steht in der Zeitung. Lisel bewirbt sich. Beim Vorstellungsgespräch liest der zuständige Amtsgerichtsrat aufmerksam ihren Lebenslauf, durchblättert die geretteten Zeugnisse.

„In Duisburg geboren, nach Eisenach verschlagen. Ihr Mann war Gymnasiallehrer? Sie waren Sekretärin beim Oberbürgermeister von Eisenach. Ich suche eigentlich eine Stenotypistin für meine Gerichtsverhandlungen und die Protokolle. Können Sie denn …?"

„Zweihundertvierzig Silben in der Minute."

Er lächelte höflich, ein wenig zweifelnd. „Ich diktiere Ihnen jetzt 180 und bitte um Übertragung."

Lisel nahm auf und tippte den Stenotext in Rekordzeit fehlerfrei in die Maschine. Der Amtsgerichtsrat erhob sich und bat sie höflich ihm zu folgen.

Im Personalbüro bestimmte er knapp: „Die Dame fängt morgen hier an. Regeln Sie bitte alles weitere."

Lisel atmete tief durch. Der erste Schritt in die Selbstständigkeit war in ihrem neuen Leben getan.

Tante Maria und Onkel Kasper wohnten mitten in Duisburg. Als einzige in der Familie waren sie nicht ausgebombt worden. Sie boten Lisel und ihrem Sohn Wolfgang eine Unterkunft, dreihundert Meter vom Amtsgericht entfernt. Fahrgeld und Zeit konnten gespart werden. Aber es mussten immer neue Betreuungsmöglichkeiten für den Jungen gefunden werden. Das Geld war knapp, die Bezahlung als Justizangestellte bescheiden.

„Frau Rollberg", eine wohlmeinende Kollegin schob ihr eine Zeitung hin. „Karstadt sucht eine Vorstandssekretärin, wär' das nicht was für Sie?"

Lisel sah auf das Datum: „Die Zeitung ist vierzehn Tage alt. Die Stelle ist längst weg."

„Aber Sie könnten es doch mal versuchen. Kostet doch nichts." Lisel schickte ihre Bewerbungsunterlagen ohne viel Hoffnung ab. Sie bekam einen Vorstellungstermin. Und sie bekam die Stelle! Später hatte sie erfahren, dass vierzig Bewerbungen vorgelegen hätten. Noch viele Jahrzehnte später konnte sie es nicht fassen, wieso man sie genommen hatte. Ein Modetempel, und sie in ihrer bescheidenen Kleidung!

Lisel stenographierte bei internen Vorstandssitzungen, schrieb einwandfreie Protokolle, organisierte stilvolle Anlässe, war taktvoll, zuverlässig, verschwiegen, und wenn es nötig war, beredt, wo im Vorfeld Verstimmungen und Missverständnisse ausgeräumt werden konnten. Die Abteilungsleiter schätzten ihre Loyalität, die Vorstandsmitglieder, dass sie ‚Kleinigkeiten' von ihnen fern hielt und unauffällig erledigte. Und sie war ein erfreulicher Anblick. Lisel war jetzt elegant, dezent gekleidet. Was nicht immer einfach zu bewerkstelligen war. Nicht, dass es im Hause an modischer, qualitätsvoller Kleidung gefehlt hätte. Aber die Auswahl in Größe 34-36 war doch sehr begrenzt. Von eleganten Schuhen in Größe 35-36 ganz zu schweigen.

Doch sobald etwas Passendes hereinkam, meldeten sich die Abteilungsleiterinnen: „Frau Rollberg, wir haben was für Sie, Sie müssen unbedingt zum Anprobieren kommen."

Sie liebte ihre Arbeit, die Bezahlung war vergleichsweise großzügig. Es wäre alles recht perfekt gewesen. Aber ihre Chefs reagierten zunehmend irritiert: „Es geht nicht, dass eine Frau in Ihrer Position um fünf Uhr panisch auf die Uhr schaut, weil Sie ihr Kind in Empfang nehmen muss. Holen Sie doch endlich ihre Eltern rüber. Wir besorgen Ihnen eine passende Wohnung in der Nähe."

Wenige Jahre später, 1960, klingelte in ihrem Büro das Telefon. „Hier ist Fritz Gilbert." Sie hatte nach Hans' Verhaftung bei den Eisenacher Autowerken gearbeitet. Fritz Gilbert war ihr Chef gewesen. Sie wusste, dass sie ihm nicht gleichgültig war.

„Von wo rufst Du an. Wie bist Du auf meine Spur gekommen?"

„Ich bin im Telefonhäuschen vor dem Karstadthaus. Können wir uns treffen?"

Er hatte sich aus Eisenach abgesetzt und bei der Firma Neff eine gute Position gefunden. In Bretten plante er ein Haus zu bauen. Er liebte sie und bat sie, ihn zu heiraten.

„Überlege Dir das gut, der Mann ist vierzehn Jahre älter als Du. Willst Du wirklich einen alten Mann?“, gaben die Eltern zu bedenken.

„Er ist unabhängig. Er liebt mich. Wir kennen uns schon länger.“

„Und Du, liebst Du ihn?“ „Ich habe ihn gern und respektiere ihn.“

„Wenn Dir das genug ist …“

„Es ist genug für meine zweite Ehe.“ Ein letzter Einwand der Mutter: „Und Wölfchen, Dein Abgott, wie wird er reagieren?“ „Vielleicht auch wegen Wolfgang.“

Sie heiratete Fritz Gilbert, verließ schweren Herzens Karstadt („die beste Stelle, die ich je hatte“), wurde im Süden Deutschlands heimisch und lebte ein behütetes, behagliches Leben. Die Katastrophen und Dramen hatte sie hinter sich gelassen. Die Naben waren geblieben.

Lisas Geburtstag 1950

„Nun seid doch mal still. Hört doch auf zu schwätzen!“ Überraschung und Erstaunen malte sich in den Mienen der so Angerufenen. Wenn Königs sich zu einer Familienfeier trafen, ging es eben immer lebhaft zu.

„Die haben Onkel Peter verurteilt. Das kam gerade jetzt im Radio.“ Das Radio war von allen unbeachtet angeschaltet gewesen.

„Was redest Du da?“

„Wie kommst Du darauf?“

Mit Nachdruck versuchte Mariechens Tochter ihre Annahme zu beweisen: „In der sowjetisch besetzten Zone sind führende Angestellte der Versicherungsanstalt Gotha in einem politisch motivierten Schauprozess wegen angeblicher Wirtschaftssabotage zu hohen Freiheitsstrafen verurteilt worden – genau das kam gerade übers Radio.“

Nach der ersten Bestürzung meldeten sich Zweifel. „Das muss sich ja nicht um Peter handeln."

„Der hat doch eine leitende Stellung."

„Eben", konterte Mariechens Tochter. „Er ist ein leitender Angestellter bei der Versicherungsanstalt in Gotha!"

Betretenes Schweigen machte sich breit. Am nächsten Tag bestätigte ein Telefonanruf die Vermutung.

Lisa murmelte: „Ons Gret' bleibt aber auch nichts erspart."

Peter Kuhn war am 5.7.1950 festgenommen worden. Das Regime verurteilte ihn in Erfurt wegen ‚Schaden am Aufbau und Agententätigkeit' zu acht Jahren Gefängnis. Davon saß er vier Jahre ab, von 1950 bis 1954.

„Und die Zuhörer im Gericht haben bei der Strafbegründung und bei der Urteilsverkündung laut gelacht", erzählte Grete später. Sie hatte in der ersten Reihe gesessen. Und Lisel fügte hinzu: „So sind die neuen Bonzen die alte idealistische Garde mit einem Schlag losgeworden."

Grete hatte 1954 einen Besucherschein bekommen. Sie war fest entschlossen nicht mehr in die sowjetische Zone zurückzukehren. Sie war einen Tag in Duisburg bei Mutter Lisa und der Familie, da kam ein Telefonanruf, Peter sei in Eisenach. Man hatte ihm die Hälfte der Strafe erlassen. Sie reiste umgehend nach Eisenach zurück.

„Guten Tag, Genosse." Peter und Grete sahen sich zwei Funktionären der Partei gegenüber. Die Partei, so erklärten sie, sei erfreut, Peter wieder in ihren Reihen zu haben. Man habe auch Arbeit für einen kompetenten Mann.

Peter wurde Revisor für volkseigene Konsumfilialen. Er reiste, eine Aktentasche mit den entsprechenden Unterlagen unter dem

Arm, von Ort zu Ort und prüfte die örtlichen Filialen im Umkreis von Eisenach. „Es war eben eine sozialistische Karriere. Vom Wirtschaftssaboteur zum Revisor“, pflegte er später zu sagen.

Der bekannte Abgeordnete des Düsseldorfer Landtags war 1955 bereit gewesen Lisel und ihre Cousine zu empfangen. „Schließlich“, hatte Lisel sich Mut gemacht, „haben er und seine damalige Lebensgefährtin, eine bekannte Sozialistin, manches Mal in unserer Wohnung mit meinem Vater politische Fragen diskutiert.“

„Soso, der Peter Kuhn.“ Die Begeisterung des bekannten Politikers hielt sich in Grenzen. Nein, an Lisel konnte er sich beim besten Willen nicht erinnern. Der Peter wolle sich also absetzen. Sicher, eine Arbeit ließe sich schon für ihn finden. Nichts Großartiges, aber immerhin. Alles nicht so einfach. Nein, er könne sich nicht erinnern, etwas von dem Prozess in Gotha gehört zu haben. Die viele Arbeit. Soso, vier Jahre habe Peter abgesessen. Traurig, traurig.

Lisel versicherte, ihr Vater werde mit jeder Arbeit, die er leisten könne, zufrieden sein. Er habe auf keinen Fall vor, in irgendeiner Art in Westdeutschland politisch aktiv zu werden.

Auf keinen Fall wolle er den Staat, den er vorhabe zu verlassen, öffentlich diffamieren. Der Landtagsabgeordnete entspannte sich zusehends. Er hatte schließlich inzwischen seine politische und berufliche Heimat in einer moderaten sozialdemokratischen Partei gefunden. Erinnerungen an zu radikale politische Positionen aus der Zeit der Weimarer Republik könnten nur irritieren und der Karriere schaden. Der Oberbürgermeister, ein Kampfgefährte aus jenen Tagen, soll ähnliche Gedanken gehegt haben.

Grete war endgültig entschlossen, bei der nächsten Gelegenheit der DDR auf immer den Rücken zu kehren, unabhängig davon, wie Peter sich entscheiden würde. Die Möglichkeit bot sich, als sie 1955 wieder eine Erlaubnis zum Besuch ihrer alten Mutter bekam. Sie blieb in Duisburg. Peter hatte reagieren müssen.

„Um Gottes Willen, Peter, was willst Du hier. Du bringst mich in Teufels Küche. Ich bin sicher, ich werde beobachtet." Die Frau zog Peter schnell zur Tür herein.

„Tut mir leid, ich kenne sonst niemanden hier in Berlin, und Ostberlin ist die letzte und einzige Chance, in den Westen zu kommen."

Die Frau seufzte: „Wenn wir nicht so gute alte Kollegen aus der Gothaer Zeit waren … Wie hast Du es, hoffentlich ohne Aufsehen zu erregen, bis hier geschafft?"

„Ich bin normal nur mit einer Aktentasche aus dem Haus gegangen. Alle paar Eisenbahnstationen habe ich mir eine neue Fahrkarte gekauft. Ich habe nur noch geschwitzt, als ich die letzten zwei Stationen bis Berlin im Zug saß. Du brauchst mir doch nur zu sagen, wo ich in die U-Bahn steigen soll, um nach Westberlin zu kommen."

„Man könnte Dir anmerken, dass Du nicht ganz genau Bescheid weißt, dann bist Du fällig." Ratlos sah Peter sie an. Er erwog aufzugeben und zurückzufahren.

„Du kannst heute Nacht hier bleiben. Morgen gehen wir ganz normal zu Arbeit", überlegte die alte Kollegin. Am nächsten Morgen stiegen eine unauffällige Frau und ein unscheinbarer Mann in die U-Bahn. Sie unterhielten sich halblaut über Alltägliches. Zwei Stationen bevor die Bahn den Westsektor erreichte, verließ die Frau mit einem beiläufigen „Bis Morgen" den Zug. Der Mann blieb im Wagen. Kurze Zeit später hielt die Bahn im Westsektor. Peter Kuhn hatte es geschafft.

Im Auffanglager ließ er sich registrieren. Er wollte jedoch nicht auf einen zugeteilten Flug nach Düsseldorf warten. Er tauschte sein Ostgeld zum offiziellen Kurs um und stellte fest, dass ihm 20 DM für eine Flugkarte fehlten. Ein anderer Republikflüchtling lieh Peter das fehlende Geld. Peter übergab ihm als Pfand seinen goldenen Siegelring.

Die Männer tauschten die Adressen. In Duisburg angekommen, überwies Peter das geliehene Geld. Der Leihgeber schickte umgehend den Ring zurück.

Viele Jahre später gestand er: „Es war die schwerste Entscheidung meines Lebens. Ich habe mich trotz allem wie ein Verräter gefühlt. Damals …"

„Aber", hatte er fast widerwillig hinzugefügt, „wir hatten uns in unserer Kampfzeit nicht einmal in unseren kühnsten Träumen die sozialen Verhältnisse und die Demokratie, die hier herrschen, vorstellen können."

„Er geht pfeifend aus dem Haus", erleichtert blickte Grete ihrem Mann nach. „Er war, seit er in Rente war, zu Hause unerträglich. Wie gut, dass die Stadtverwaltung Duisburg so einen Pingeligen für Liegengebliebenes in der Registratur brauchte", vertraute sie der Familie an.

„Und immer wieder stelle ich mir die Frage: ‚Darf ich mich so in Gefahr begeben?' Eine Frage, tausendfach gestellt und nie schlüssig beantwortet."

Heribert Hölz

Heribert Hölz

Von Lebertran bis Slivovic

Vom Kriegskind zum Bosnienhelfer

224 Seiten
Paperback mit Folienkaschierung
Format: 12,8 x 21 cm
ISBN 978-3-939256-06-9
€ 14,95

Wie viele Menschen kennen Sie, denen bereits zu Lebzeiten ein eigenes Denkmal errichtet wird? In „Von Lebertran bis Slivovic" berichtet mit Heribert Hölz ein solcher Mensch aus seinem selbstlosen Leben: Vom Duisburger Kriegskind und Halbwaisen, dass aus einfachsten Verhältnissen stammt bis hin zum Erwachsenen, der sein berufliches und ehrenamtliches Leben der Nächstenliebe widmet, die Duisburger Caritas-Bosnienhilfe gründet und dabei unter Einsatz seines Lebens vor Ort unermüdlich den Ärmsten der Armen hilft.

anno
verlag

www.anno-verlag.de

Ulrich Dittmar

Der Ferne so nah

Kurzgeschichten

200 Seiten
Paperback mit Folienkaschierung
Format: 12,8 x 21 cm
ISBN 978-3-939256-00-7
€ 12,95

Dem preisgekrönten Autor Ulrich Dittmar gelingt es in den 23 Kurzgeschichten, die Besonderheit des Alltäglichen trefflich zu schildern. Oft ironisch, manchmal auch zynisch und mitunter auch humorvoll werden die Kleinigkeiten menschlicher Wünsche und Ängste beschrieben, die häufig zu einem überraschenden Ende führen.

„ Edelfeder" – Stadtspiegel Recklinghausen

Maarten van den Broek

Kinderlähmung 2.0

Novelle

140 Seiten
Paperback mit Folienkaschierung
Format: 12,8 x 21 cm
ISBN 978-3-939256-05-2
€ 12,95

Carmen und Moritz begegnen sich auf einer Singlebörse im Internet. Beide haben ihre midlife-crisis hinter sich, beide sind Lehrer und beide sind beziehungs- und ehegeschädigt.

Buchstäblich um Leben und Tod geht es in dieser Novelle Maarten van den Broeks. Kinderlähmung 2.0 zeigt eindringlich, dass nicht nur gute Krimis von der ersten bis zur letzten Zeile spannend sind.

anno verlag

www.anno-verlag.de